トイチの男

玄上八絹

幻冬舎ルチル文庫

CONTENTS ✦目次✦

トイチの男

✦カバーデザイン＝久保宏夏（omochi design）
✦ブックデザイン＝まるか工房

イラスト・三池ろむこ✦

トイチの男

紺色のベルベットのトレーに、クリスタルの粒で埋め尽くされたピンクのハンドバッグが乗っている。小振りのサイズで留め金は金。《C》を背中合わせに重ねたデザイン、おなじみシャネルのロゴがついている。

「金利込み三ヶ月、六十万円でいかがでしょう」

長袖《ながそで》Tシャツ、カーゴパンツで正座の悠《ゆう》は、白手袋を嵌《は》めた手で、丁寧《ていねい》にコンディションとタグを確かめたあと、初老の男に問いかけた。

「冗談じゃねえよ。兄ちゃん、ずいぶん若そうだけど、これが何だか知らないんじゃねえの⁉」

カウンター向かいに立っているボサボサ髪の男は、カウンターに身を乗り出し、悠を恫喝した。

出した品物は高級ブランドの限定品だが、男本人は安そうなスーツで、ネクタイもしていない。白髪《しらが》頭は鳥の巣のような癖毛で、痩《や》せていて煙草《たばこ》の匂いもひどい。自分の身なりにはあまり気を使わないようだ。

悠は、唾《つば》を飛ばしそうな男から手袋で軽くバッグを庇《かば》った。年齢を問われれば二十四だが、業務に差し支えないから答える義理はない。

「現物は初めて見ますが存じてますよ。今年のシャネル《クリスタルエクストラミニマトラッセ》。日本未入荷アイテムで、世界中にも数がないレア品、未使用、追尾あり、しかも直接買い付けですか。ずいぶんお早いですが」

「じゃあ、その査定は安すぎじゃねえか。九十万円」

「六十万」

「足代コミなんだよ。直接買い付けだってアンタが言ったんだろうが、パリだよパリ！　フランスの！　飛行機代も出ねえ」

「買い付けたのは、これおひとつじゃないでしょう。六十一」

「馬鹿言え、よその店は九十五だって言ったんだぞ？」

「ウチでは六十一がいっぱいですね。ひと月預かりなら六十三まで出せそうですが」

「馬鹿じゃねえの？　アンタ。ここ、質屋だろ!?」

「そうですよ。質屋です」

「どうせ正規バイヤーじゃねえんだから質流れ品として売るんだろ？」

「期間内に請け出しにいらっしゃらなければそうなりますね。お預かり中の保管は徹底いたしますので、受け出したあとに、その九十五万円のお店に行って買い取っていただいてはどうですか？　お預かり期間のお利息を乗せていただければ、うちはいつでもお出ししますよ」

「何言ってんだ⁉　売りに来たんだよ、引き取りに来るわけねえじゃねえか！　俺はな、アンタに《この店は、このバッグを幾らで買うんだ》って訊《き》いてるんだよ！」

「……じゃあ入れんなよ」

この程度で我慢が切れるのは我ながら未熟だと悠は思うが、この男は初心者でも素人《しろうと》でもない。若いバイヤーならまだ説明しようもあるが、他店と秤《はかり》に掛けながら、見当違いの交渉を持ちかけてくる《自称プロバイヤー》に、質屋の何たるかを一から教えてやる義理はなかった。

「何だとこのクソガキ！」

「はじめっから何回も説明しただろ⁉　うちは質屋で、ディスカウントショップでも転売屋でもねえんだ！　請け出す気がないものは入れられねえんだよ！」

跳ね返すように悠も怒鳴ってしまった。

「客に言い返すとはどういう了見の店だ、ああ⁉」

白髪の下に透ける頭皮まで真っ赤にした男が、鑑定トレーからバッグを摑《つか》み取り、白い不織布の巾着《きんちゃく》と箱を鷲《わし》づかみにする。

男は血走った目で悠を睨《にら》みつけながら、乱暴にカウンターを離れた。

「雨ですよ」

「知るか！　二度と売らねえ！　ハナタレのクソガキが！　こっちにもな仲間がいるんだ。

この店には絶対に売りに来るなって、噂《うわさ》広めといてやるよこの馬鹿野郎ッ！」

ありったけの捨て台詞《ぜりふ》を吐いて、男は、紙袋と箱と袋とバッグをぐしゃぐしゃに摑んで、玄関のほうへと向かった。

自動ドアではない木枠の引き戸の前で足踏みをし、外箱を床にボロボロ零《こぼ》して、ちくしょう！　と戸を蹴りながら乱暴に開け放ち、また箱を落として拾って、戸を開けっ放しで出ていってしまった。

「――アホか……」

カウンターにため息を零し、悠は男が去ったドアを眺めた。

開け放ったままの入り口から雨音が入ってくる。

土砂降りというほどではないが、一昨日《おととい》から雨が降り続いていた。

抑揚のない水音だ。糸を垂らしっぱなしにしたような、梅雨《つゆ》独特の降り方だった。

男のことも、バイヤー仲間内での噂もどうでもいいが、あのバッグのことが気にかかる。

いずれ誰かの大切な品物になるかもしれないのに酷《ひど》すぎる扱いだ。職種は違えど、同じ《品物》を扱う商売人の風上にも置けない。

「厄日だ。マジで」

悠は白い布手袋を外し、カウンターの上にある仏滅・大安・赤口と六曜がついた月めくりカレンダーを引き寄せた。

今日は火曜日、先勝。午前中は吉、午後二時より六時までは凶と言われる日柄だ。

「午前中もさんざんだったじゃん」

悠はぼやいて、さらさらと指通りのいい赤毛をカウンターの上で抱え、はあ、と肩でため息をついた。

朝からヤクザがやってきた。痩せて今にも死にそうな老人を引きずり、ダンボール箱いっぱいの陶器だの古びた引き出物を軽トラックに乗せて店に横付けし、それらを質入れするから金を出せと言う。見るだけ見たが日用品ばかりだ。箱の底まで掘り返してみたら位牌が入っていた。老人は「ばあさんの位牌だからせいぜいいい値段を付けてくれ」と泣いたが、質屋はそういうところではない。

質屋とは、預かり料を貰《もら》って品物相応の金を貸し、いずれ貸した金を質屋に返して品物を取り戻すところだと、さっきのバイヤーと同じことを、老人とチンピラに言い聞かせた。やはり彼らも理解しなかったが、とにかくうちでは買い取れないからと言って、リサイクルショップを紹介した。

その次は公安委員会だ。ヤクザが違法な取り立てをする案件が増えているから、客の帳面を見せろと言ったが断った。年に二度、きちんと監査は受けているし、こっちにだって六十年続く質屋のプライドがある。

新顔の担当だったが、彼もまた、質屋とリサイクルショップの違いをよく理解していなかった。

　質屋は、金利をもらって客の品物を大切に預かる商売だ。顧客情報も、品物の保管技術も信頼第一だった。《売ってサヨナラのリサイクルショップと一緒にするな》とそこでも怒鳴った。

　そして午後からさっきのバイヤーだ。円高のせいか、格安航空会社《LCC》のせいか、最近多い。

「雨で客は来ねえわ、来たら来たであんなのばっかりだわ、ほんとは仏滅じゃねえの？　今日」

　鑑定トレーに布をかけ、カウンターの下にしまいながら独り言の愚痴をこぼすと、背後で、にゃーん……。と鳴声がした。

　振り返ると部屋の隅に、丸く佇《たたず》む三毛猫がいる。

「おいで、トイチ」

　呼びかけると猫は腰を上げ、板間を歩み寄ってきた。とてとてと微《かす》かな足音がする。

　悠のカーゴパンツに額をぶつけるように猫が頭を擦《こす》りつけてくる。悠は、よしよし、と黒い片耳から、美しい茶色と黒の斑《ぶち》の背中を撫《な》でてやった。

「ごめんな。ビックリしただろ。もう帰ったから大丈夫」

　もう一度三毛の頭をぐりぐりと撫でて気を取り直し、悠はカウンターに手をついて座布団の上から立ち上がる。

框《かまち》からフロアに下りて、隅に揃《そろ》えてあったスリッパを履いた。框の下の引き戸をあける。葬式用の清め塩のパックが常備だ。石けんの空《あ》き箱に入れてあったのを一つ取りだした。カウンターの前を横切り、通りに面した店舗のスペースに向かう。質流れ品を飾った棚やディスプレイが少々古めかしい趣で広がっていた。

開けっ放しの扉の前には、軒下から大きく《質》と丸で染め抜いた藍色《あいいろ》の幕を張っている。下隅をロープで引っ張ってコンクリートの重しで止めたものだ。

質屋通いを恥と思う客のために、入り口を見えにくくする質屋の伝統に、今もこの店《瑠《る》璃《り》や》は従っている。

「うちは預かるだけだっつってるだろ。ったくどいつもこいつも……」

ボヤきながら、悠はひとつまみ分の塩が入ったパックの口を切った。

何か今日は朝から妙な因果が繋《つな》がっている気がする。

指輪や金歯、思い出の絵画や、誰かが使った食器や大切にしていた時計。品物を扱う商売の中でも、質屋に来る品は情を纏《まと》った品ばかりだ。

朝一番で見た、いかにも貧しい因縁を纏っていそうな品々が、不運な縁を呼び寄せたのかもしれない。

早々に塩を撒《ま》いておけばよかったと思いながら、悠が塩を手のひらに零したときだ。

「？」

藍色の《質》幕の右側、店の端に人が座り込んでいるのが見えた。——男だ。

雨はさやさやと降り続いている。

店の壁に背中を預け、雨の地面にベタ座りで、男は片方立てた膝《ひざ》に濡れそぼった黒髪を乗せている。

酔っ払いだろうかと思うが、火曜の昼間だ。

男はTシャツにジーンズ姿だった。うかがい見るかぎり、持ちものは特にない。

「どうかしましたか？」

悠は入り口の中から声をかけた。《質屋は三代続かず》という言葉がある。他人の物で利益を得る商売だ。庶民の恨みを買いやすい。商売柄、店の入り口に佇むのは思いつめた人間が多い。むやみに近づくと刺される可能性がある。

男からの返答はない。

男は座り込んでいたが、背が高いのがわかった。折った脚の脛《すね》が長い。

泥に汚れた靴とジーンズは、ヴィンテージではなさそうだった。Tシャツも金になりそうな古着ではない。職業病でとっさに品定めはするが、待遇の差には及ばない。

「気分が悪いなら救急車呼びますけど？」

呼びかけてみるが返事はない。

もぞ、と動くところを見ると、気絶しているわけではないようだ。

悠は一呼吸考えて、もう一度呼びかける。

「あの。うちで傘売ってますよ？　三百円から。タクシーいるなら呼びますけど。そこ、濡れるでしょう。向こうの角を曲がるとスーパーがあって、公衆電話もありますよ？」

言外にそんなところに居座られると迷惑だと言ってみるが、やはり男は顔を上げない。

「迷子なら警察呼びましょうか？」

軒先を借りる挨拶《あいさつ》もできないヤツに雨宿りはさせない。

柔らかく、だが断固として無断で営業妨害はさせないと悠が問いかけると、ようやく男が顔を上げた。

ぎこぎこと、ゼンマイ仕掛けのような変な動きだった。手足が急にもげそうな男の動きに、悠が戦《おのの》く表情を浮かべて息を呑むと同時だ。

「うわ、どうしたんですか！」

男はずり落ちるように横に倒れた。道路から一段高いコンクリートの上とはいえ、びしょ濡れの地面だ。

地面の上で、水を落とした紙縒《こよ》りのようにもだもだと身体《からだ》を捩《よじ》る男が、苦しそうにこっちに手を伸ばそうとする。

さすがの悠も駆け寄った。口も利《き》けない急病か、大怪我かもしれない。

「大丈夫ですか！」

車に人が撥《は》ねられたような音はしなかったが、さっき、客と怒鳴り合っていたときのことだろうか。

脳や心臓の病気なら揺らさないほうがいいと思いながら、男を覗《のぞ》き込む。

若い男だった。鼻筋が高く、虚《うつ》ろな瞳を囲むのは、一重で切れ長の男らしい目許《めもと》だ。無精髭《ひげ》が生えた顎《あご》はシャープで、はっきりした眉《まゆ》が凛《り》々《り》しく見えた。厚みと形のバランスが取れた大きめの口許は、血の気《け》がなくて白っぽく、やはり病気じみた浅い息をしている。

「貧血？　病気？　何か怪我ですか？」

弱々しく縋《すが》りついてくる男を抱き支えながら、悠は尻ポケットに挿していた携帯電話を引き抜いた。片手で蓋《ふた》を開けて１１９を押そうとしたとき。

「なんか、喰《く》わせて……」

がらがらに嗄《か》れた声で男が呻《うめ》いた。

† † †

仏滅より悪い日があった気がする、と悠はやる気なく知識を掘り起こす。大殺界《だいさっかい》とか天《てん》中殺《ちゅうさつ》とか空亡《くうぼう》とか暗剣殺《あんけんさつ》とか十三日の金曜日とか、なんかそんな日だ。

何日も食べていないという男をとりあえず店に入れた。《うちは質屋だから、倒れるなら飲食店の前にいけ》と言いたかったが、さすがに悠もそこまで鬼ではない。

全身びしょ濡れだから、上に上げることはできない。框の前に新聞紙を敷いて、床に座らせ、靴を脱がせる。

行き倒れとか初めて見たと、悠は驚いた。

そして怒ったのだった。

「金がなくなったんだ」

無精髭を生やした、ずぶ濡れの男は、温かい茶が入った湯飲みで両手を温めながらぼそりと言った。悠は失笑した。

「金がなくなったにしたって限度があるでしょう？　一応ここ、日本なんだけど」

身体が悪いわけではなさそうだ。一日一時間アルバイトができれば飯は何とかなるし、もしも本気で一文無しでも、金がなければたった数日で死んでしまうなら、日本の路上はホームレスの死体でいっぱいだ。

「病気とか事故とか、不慮の事態でそうなってるなら、俺だって道徳心がないわけじゃない。でも怠慢なら話は別だ。アンタのためにもならないし、ここは質屋だ。金を都合するのが商売だよ」

用意してきたバスタオルやタオルを框に置いて、男の前に立った悠は腕を組んだ。

「何かが欲しかったら品物出して」

病人や心底困った人に差し出すタオルはあるが、他人の情けを当てにして生きる人間に、貸してやるタオルはない。

今までも、何かを譲ってやりたい貧乏人は何人も見た。一回きり飯を食わせてやりたい老婆もいた。それを歯を食いしばって商売だと割り切ってきた悠だ。怠惰なだけの男にタダでやるものは、この店には水一杯たりとも置いていない。

「……何にも持ってない」

さも本当のように萎《しお》れた声で男は言うが、そこを何とかしてさしあげるのが質屋の技量だ。

「失礼？」

悠は肩を竦《すく》めて、男のベルトに手をかけた。男が慌てた声を出す。

「な。何すんだよ！」

「質草探すんだよ。黙ってろ！」

悠は怒鳴って男のバックルをほどいた。裏を見る。刻印はメイドインチャイナ。ベルトの部分はナイロンだ。

「ノーブランド、五十円」

「ちょっと待て、脱がせるな！」

男にのしかかるようにして、ジーンズの腰を引っ張る。タグを見つけて舌打ち。

「ノーブランド、自分で膝切ったな？　端切《はぎ》れで五十円、洗濯代五十円でゼロ」

「おい！　おいってば！」

「うるさい、動くなよ、俺まで濡れるだろ!?　靴もホームセンターか。ゼロ。お。時計嵌めてるじゃん……ってこれもオモチャか。二十円」

「千円で買ったんだぞ」

笑ってやる気にもなれない。尻のポケットには一応長財布が入っている。

「金なんて入ってないって！」

取り上げて開けようとすると、今さら恥ずかしそうに男が騒ぐ。

「期待するかよ。外側もダメ、ビニールだ。クレジットカードもなし、金券もなし、今どき携帯も持ってねえのかよ。ご縁《五円》のお守りもなしか、ぜんぜん駄目だな」

「おい、……っうぇ！」

叫びかけた男の口に親指をつっこみ、下顎を引き開ける。悠は首を傾《かし》げて口の中を覗き込んだ。

「銀歯十円」

「安《やふ》ひ」

「銀相場は上がったけどまた下がったんだよ。……チッ。銀歯も一本か、レジンなんかで治しやがって、万が一のために金にしろ、金に」

そう唸《うな》って悠は、額が当たりそうな位置から男を見据えた。不精しているようだが色男だ。精悍《せいかん》な顔立ちをしているが、それだけじゃ金にはならない。眼鏡《めがね》もない、ピアスもない、指輪もない、補聴器も、ブレスレットも、金目の物は一切ない。

聞かせるような大きなため息をついて、悠は男から離れた。

「合計八十円。タオルレンタル料二十円、お茶代五十円、古新聞代十円。鑑定料はサービスだ、一見《いちげん》割引十パーセントで八十一円——。マイナス一円の男か、いっそ見事だな。これだけ出ない男も初めて見るよ」

「悪かったな……」

一文無しを名乗る、しわがれた老人がきても、金歯だ眼鏡だ結婚指輪だで少なくとも数千円にはなるものなのだが、この男はこれで目一杯だ。

直毛の濡れた短い髪を掻《か》き上げながら、ふてくされたように男は言う。男の謝罪なんてどうでもいい。今は金だ。

「借金は」

「さすがにそれはないよ」

「威張《いば》るなよ。借金でもあれば高金利で借用書を相手から買うんだ。それもないのか」

「それって悪徳なんじゃないの⁉」

「本人の了承を得た正当な権利売買だよ。借金すらねえのに大きな口を叩《たた》くな」

本当に拾い損だと思いながら悠は立ち上がり、框のタオルを拾って男に放った。

「タオル買い取り二百円。それ持って出てって」

「金がないんだ」

「代金は明日でいいよ」

だが払え、と、悠は声に滲《にじ》ませながらきっぱりと言い渡した。

男はタオルを握りしめて、うなだれたまま呟《つぶや》いた。

「あのさ、雨が止《や》むまでぐらい……」

「甘えないでよ。物もなければ借金もない。アンタは質屋の天敵、マイナス一円の男だ。縁起が悪いにもほどがある。ここは店なんだ。質・屋」

「だって、ほんとに金がないって言っただろ？　雨宿りさせてくれる人情もないのかよ？　アンタには」

「じゃあ、アンタはネットカフェで《金はないけど、休むだけだから部屋を貸してほしい》って言うわけ？」

体《てい》は質屋で客はいないが、現在絶賛営業中でここは店舗だ。

悠がキツイ声で問い返すと、男はバツが悪そうな顔でため息をついた。

「……わかったよ。悪かった」

「また倒れるなよ？　さっさとアルバイト探せ」

「まだ探す気が起きないんだよ」

「じゃあ、早く出ていってくれ。もう一回雨に濡れたら探す気になるんじゃないの？」

新聞の上に、片膝を立ててだらしなく座った男を悠は冷たく見下ろした。男は情けない顔をしたあと俯《うつむ》いて、のろのろとした動きで立ち上がろうとする。

悠は出ていけとばかりに出口に視線を向けた。

外はまだ雨だ。引き戸のところから濡れた靴あとがここまで続いていて、ため息が出そうになったが、ため息すら損になりそうで悠は堪《こら》えた。

濡れたジーンズで動きにくそうにしている男が、新聞の上によろよろと立ち上がる。

広い肩幅。背が高い。胸幅も厚くて、働こうと思えばいくらでも働けそうな身体付きなのがなお気にくわない。

職が見つからないならまだしも《探す気が起きない》と来た。一宿一飯の情けをかける余地もない。

この雨の日にぞうきん掛けか、と、やっぱり堪えきれないため息を悠が零したとき。

新聞紙の上に、かつん、と落ちた銀の塊《かたまり》があった。

「……これは？」

手のひらに収まるほどの平たい銀の球に、銀の鎖がついている。財布の奥にねじ込んだものが、立ち上がる動きで押し出されたようだ。

「懐中時計……？」

「それは駄目だ！」

拾い上げた悠に男が手を伸ばす。悠はぱっと背中を向けてそれを男に渡さなかった。

「お。蓋は純銀製か。残念、裏はステンレスだな」

「ダメだって、返せよ！」

「ずいぶん軽いけど中味は何だ？」

「ダメだ！　大事なものなんだ」

「大事じゃなきゃ金にならない。そうだろ？」

万が一にも高級品なら商売になる。たった一円でも、取れるものなら見逃す手はなかった。

懐中時計の横についたボタンに指を掛けようとしたとき。

「それは駄目だ。……ダメだから……！」

「え」

立ち上がったせいで貧血を起こしたらしい男は、悠にのし掛かるように抱きついてきた。

「ちょっとまてよ！　おいってば！」

男はそのまま床で気を失った。

框から板間に男を引きずり上げて服を脱がせ、タオルで拭いて、奥から持ってきた浴衣《ゆかた》を着せた。下着はないが、男だから別にかまわないだろう。

疲れた、と、畳に胡座《あぐら》を組んだ悠は、男が横たわる布団の横で大きくため息をついた。

悠よりひとまわり体格が大きい。濡れて脚にへばりついたジーンズを、悠のほうが転げまわって必死になって脱がせ、着替えさせて、ここまで運んでくるだけで気分が悪くなるくらい疲れてしまった。

奥の住居に続く廊下に連れ出す頃には、男は朦朧《もうろう》と意識を取り戻し、少しは自分で歩こうとする様子を見せたが、一人では無理だった。布団に放り込むと、何を問う間もなく、すうすうと大きな寝息を立てて爆睡しはじめた。

夏休みの子どもみたいな寝方だ。あまりの無防備さに揺り起こす気にもなれない。

悠はげんなりとした気分で布団を離れ、脱がせた服を洗濯機に放り込み、店の床の掃除をした。

「……」

クリーニング代五百円、掃除代五百円、布団二時間二千円。〆《しめ》て現在三千と一円だ。

何の厄日だ、と悠は、前髪に両手の指を差し込み額を抱える。

縁側の雪見障子から、中くらいの長さのしっぽを左右に振りながら、トイチが雨を眺めている。三毛の背中越し、悠もガラス窓の向こうを眺めた。

石灯籠《いしどうろう》のある小さな裏庭には、相変わらずシャワーを撒くような単調な雨が降っていて、昼間だというのに、スモークガラス越しのように薄暗い。

ガラスに、身体の横面を向けた悠の姿が薄く映っていた。

元々明るい色の髪は、毛先にだけ少し癖があるから、学生の頃から特別な手入れをしたことがない。

動きやすいカーゴパンツに、蒸し暑い六月の終わりに長袖Tシャツを着ているのは、品物に余計な皮脂をつけないためだ。

人の肌にある微かな油分が、何年も経《た》ってから染みとして浮き上がることがある。絵画や布も扱う質屋には当然の気遣いだった。ラフに見えてもこれが悠の仕事着だ。

いつか先代のように、和服の普段着が似合うようになればいいのだけれど、と、自分が着たところで正月のようになるだろう姿を想像して、悠はため息をつく。

十代の頃は《かわいい》と評されていた顔立ちも、マイナス要素に働いていると思う。身長は百七十二で、不足はあるが不満はない。若くても渋い着物姿の男はいくらでもいるが、悠の目は女の子に羨《うらや》まれるくらいのぱっちりした二重で、ときどき《飼い猫に似ている》と言われる顔立ちに華奢《きゃしゃ》な体型では、枠というより若旦那系にしかならないのだった。燻《いぶ》し銀にはほど遠い。

「……」

自分の姿にも見飽きて、ため息をついたところで、悠は布団の中で男がぼんやりと目を開けていることに気づいた。

目は開けているが焦点は合っていない。口も少し開けている。

大丈夫なのかと思いながら、訝《いぶか》しげに男に問いかけた。

「目が醒《さ》めた？　口、利ける？　マイナス一円のひと」

名前を聞き忘れたからそう訊くしかなかった。

「あ。……うん、俺」

ここがどこかわからないように、男は部屋を見回し、よろよろと肩を揺らしながら布団に起き上がろうとする。

「寝てていいよ。この先は一時間五百円だけど」

悠はそう言って枕元に置いてあった目覚まし時計を、男から見える位置に置き直してやった。

布団に寝てても座っていても値段は変わらないのに、男はそのままぐらぐらしながら起き上がって、布団の中で膝を立てて座った。

「名前は？」

「茅野《かや》涼平《りょうへい》。……です」

「歳《とし》は」

「二十六」

答えを聞いて、悠は驚く表情を隠さなかった。

眉を歪《ゆが》めて呻いた。

「ふたつ年上とは思いたくない」

ぼさぼさ髪に、無精髭。顔色はまだ青い。皮膚を見れば若いのはわかるが、店で見た感じ、三十半ばかと思っていた。目利きはハズレだ。

「え……。質屋さん、二十歳越えてんの？」

布団の中から、意外そうな声で茅野が訊く。

「気にしてんだよ。二十四歳！」

店は古いが金融業だ。見かけの若さは侮られる原因にしかならない。実際若いのは仕方がないが、童顔なのはコンプレックスだ。

気を取り直して悠は答えた。

「保久原《ほくはら》悠。ここ《瑠璃や》の店主だよ」

「経営者？」

「そう。チェーン店は持ってないけど割りと老舗《しにせ》」

「スゴイね」

「まあね。アンタは？」

大した店ではないけれど、創業六十八年、まあまあ歴史と信頼のある質屋だ。

茅野という男は年上だし、少々の職業では答えにくいだろうなと思ったが、訊いておかなければ返済の目処が立てられない。

茅野はぼつんと答えた。

「……サラリーマン」

「今日平日だけど？」

「先々月まで」

「今は無職？」

「そう。それで金がなくなって、あんなことに。……ごめん」

と茅野は布団の中で萎れたため息をつく。

「雇用保険とかあるだろ？」

「申請してない」

「なんで？」

「……何となく」

少し間をあけたあとの無気力そうな茅野の声に、悠は先ほど店先で覚えた怒りを思い出して、冷たいため息をついた。

「まあいいや。働く気がなくて金がないってことね？　さっきも言ったけど、うちは物と金をやりとりしてなんぼの商売だから、きっちり使ったものの代金は払ってもらうよ？」

善意で人を助けることを知らない悠ではないが、必要もないのに、好きで飢えている人間を助けるほどお人好《ひとよ》しでもない。

「今のところ、布団代とか掃除代とか浴衣代でだいたい三千円。茅野さんがうちに入れられる質草がマイナス一円、つまりゼロ。そこでこいつの出番なんだけど」

悠は磨いて鑑定トレーに乗せた、平たい銀の球を涼平の前に差し出した。

「それは……！」

手を伸ばそうとする男から、悠はさっと鑑定トレーを引いた。

「それだけは返してくれ」

「取り上げようってんじゃないよ。代金が払えないなら《質》に入れてくれって言ってんだ。預かり期間は三ヶ月。その間に茅野さんがうちで使った三千円と利息を返してくれれば、ちゃんとこの品物は返す。そこは信用してくれていい。商売だから」

「でも三千円の当てがない」

「働けばいいだろ？」

自分が見立てて一円も出ないのだ。働くしかない。

悠の当然の返答に、茅野は暗い顔をして俯いた。

「何をして働けばいいのかわからないんだ」

「はあ？」

大きな図体で布団に膝を抱え、途方に暮れたように言う茅野に、悠は思わず不躾《ぶしつけ》な声を上げた。

「そのへんぶらっと歩いてみろよ。バイト募集の貼り紙くらいいくらでもあるよ？　何十万も持って来いって言うんじゃないんだ。三千円なんて一日分のアルバイト代だろ？」

サラリーマンだったというのが嘘《うそ》でないなら、本気で働き方を知らないはずはない。就業と無縁の良家の坊ちゃんというには、身なりがあまりにも粗末すぎる。

茅野は深刻に言った。

「そういうんじゃなくて、何で働くか、今はわかんないんだよ……」

「……」

余計に意味がわからない。悠は顔を歪めて茅野を見た。

「食べるためだろ。なにか欲しいものとか、事情がなければ」

悠が答えられるのはこれだけだ。

家を建てたとか車がほしいとか、病気を治したいとか、金が欲しい理由はそれぞれだが、《飯を買う金》まずはそれだ。

――ひとはなぜ働くか。

放浪の哲学野郎だろうかと、不安に思いながら悠は困った顔で茅野を眺めた。

「身に染みてわかったんじゃないの？　金がなくて飯を食わず、傘も買えずに雨の中を歩いていたら、あんな風に行き倒れて、こんなふうに俺に迷惑を掛けて、借金が増えるの。働く理由には十分だろ？」

「……」

茅野は納得がいかない顔をして、だが反論はしなかった。

言い返さないから叱りようもないし、だからといって働く気になったわけでもないようだ。質屋の空き部屋で《行き倒れと労働とは何か》を熱く語っている暇もない。客は来ないが今も営業中、悠には仕事が山ほどあるのだ。

どうせ大した事情もなさそうだ。悠はうんざりとした気持ちで前髪を掻き上げた。

「ってところで、現実的な話をしとくね」

悠は、鑑定トレーの横に置いてあった、デジタルの秤を茅野の前に回した。

小さな秤によく手入れをされた布をかける。取引に使う、きちんとした不織布だ。

布がかかった時点で目盛りはゼロ。悠は右手にだけ白手袋をはめ、茅野から取り上げた銀の入れものを置く。

「目盛りが見える？　鎖まで入れて全部で四十グラム。本体と鎖はステンレス、蓋だけが純銀だ。今日の銀相場は一グラム八十七・六円、蓋は多めに見積もっても十六グラム。円に換算して千四百一円。質屋は預かり賃と金利を貰う。先払いだ。だからコイツで現金が出せるのは一千百円までだ。プラスマイナス三千三百一円を三ヶ月後に払ってくれれば、この時計はこのまま返すよ。そういうシステム。ちなみに」

と悠は銀の入れものを拾い上げて横のボタンを押した。

蓋の蝶番《ちょうつがい》の中に繊細なバネが仕込まれていて、ふっと軽く蓋が開く。

中には何か、絵の具をそのまま絞り出したような、極彩色の《何か》が詰まっている。

《何か》と言うのは、布のような絵の具のような植物のような、見たことのない厚みのある、弾力のあるものが詰まっているからだ。バッグの素材のようでもあるし、油絵のカンバスの一部のようでもある。ルーペで見れば繊維が見える。極彩色だが模様はなく、純色ではない、暗い赤や緑、青というより深い紺や黄金色《こがねいろ》がみっしりと濃縮されて詰まっている感じだ。作家のサインもない。悠が知る限り、どの画家とも色合いや画風が一致しない。正直、まったく見当のつかない品物だ。

「これ何？」

素直に訊いた。価値がありそうな品には見えないが、茅野が大事がっているようだし、悠の知らない価値があるなら、査定の金額が上がるかもしれない。

だが、茅野は翳《かざ》すように見せた入れもの——銀のロケットから、決まりの悪そうな表情で目を逸《そ》らした。ぼそりと答える。

「ばあちゃんの形見。アンタにはどうでもいいものに見えるかもしれないけど、俺には大事なものなんだ」

「……了解」

呟いて、悠は静かに蓋を閉じた。

いわゆる《思い出の品》というやつだ。本人にしか価値はないが、本人にとっては金に代えられない大切なお宝だ。こういうものに値段を付けさせられるのが質屋としてはいちばん困る。どれほど美しくても、思い出は金にならない。

「ほんとは質屋は質草なしに金は出さない。今回は仕方がないから、このロケットの金額からはみ出る金額は、トイチと言いたいところだけど」

にゃーん。といつの間にか悠の後ろに近寄っていた猫が鳴くのに、悠は猫の頭をぞんざいに撫でながら言った。

「トイチって……？」

「十日で一割の金利のこと、即《すなわ》ち十日で元金の十パーセントが、返さなきゃならない金額に加算されるってこと。年利で言うと単利３６５％。一年で、ざっくり元金三倍半」

「ヤミ金融でも取り過ぎだろそれは」

「残念。うちは金融業じゃなくて質屋営業法で運営してるから、ヤミ金より高く取れるの。

うちは老舗の優良店だし、決めるのは俺の気分次第だけど」

本来ならば、おまえなんかのオモチャが入れるような店じゃないと、軽く嫌みを匂わせながら、悠は鑑定トレーの上の銀のロケットを、隠すように布で覆って茅野を見据えた。

「提案なんだけど、茅野さん」

病気というわけではなさそうだ。力もまあまあありそうだし、ちょっと頼りないが、言葉遣いも悪くない。

「アンタ、うちでバイトしていきなよ。掃除と電話番くらいはできるだろ？　時給六百六十円」

「県の最低賃金は六百七十六円だろ」

「……」

こういうことを知っているということは、世間知らずの坊ちゃんでもなく、一応働くつもりはあったということだ。今はどうだか知らないが。

悠は知らん顔で肩を竦めてみせた。

「アンタが就職口見つけて、金を返しに来るの待ってたら取りっぱぐれる気がする。バイトが決まってないなら請け出し金額分、手っ取り早くうちで働いていけば？　食い扶持《ぶち》出しても二日間でおしまいだ」

最近ちょっと忙しくて、隅々の掃除がおざなりだったところだ。

我ながらいい考えだと悠は思った。

† † †

《瑠璃や》は開業六十八年の老舗だ。

戦後まもなく開業し、悠で四代目。誠実な商売の賜物《たまもの》だと思っている。店舗兼住居は何度も増改築を加えているが、基礎は開業当時のまま、店舗と保管庫のみ、のれんに恥じない程度に改装するというのが身上だ。

昨日、茅野が落ち着いて、服が乾いて動けるようになった頃にはもう夕方で、早めに店じまいをして、夕飯を摂った。

あじの塩焼きと豆のサラダ、味噌汁《みそしる》と冷や奴の夕飯代五百円、風呂と布団代千円。今日からは従業員価格で食事代込み一泊千円だ。現在合計六千五百一円の貸しだ。

朝、悠はひとりで開店の準備をしたあと、《懐かしい》と言いながら新聞を読んでいた茅野を連れて店舗に出た。

着てきたTシャツとジーンズが一張羅だ。コンビニで買った新品のパンツ代、千円加算。

「じゃあ、今日からよろしくお願いします」

店舗の床に下り、カウンターの前で胸を張って、少し慇懃《いんぎん》な声で悠は言った。大事な店だ。いくら借金を消すための数日間のアルバイトとはいえ、従業員の心得を理解してもらわなければ困る。

「うん」と返事をした茅野は、珍しそうに店内を見ている。

あっちを向いたりこっちを向いたりしている茅野を、悠は横目で盗み見た。

昨日は、身なりにかまわない三十半ばの行き倒れに見えたが、風呂に入れて髪をあげさせ、無精髭を剃《そ》らせてみたら、ちゃんと二十六に見える。

少しタレ目のすっきりとした大人しい顔立ちだ。それが地味に見えないのは、思わず触ってみたくなる真《ま》っ直《す》ぐな鼻筋と、はっきりした輪郭の眉と唇のせいだろう。

背は高いが、ひょろひょろとしていない。特別逞《たくま》しいというのではないが、骨格が何となくカッコイイ。

着物が似合いそうな体型だ。生まれつきだからこういうのはズルイな、と何となく悠は思った。

茅野の声は、聞き取りやすいソフトな低音だ。それがしっとりしすぎないのは、どこかひょうひょうとした喋《しゃべ》り方のせいだ。

「こうして見ると、骨董屋に見える」

茅野が感心したように、ガラス棚に陳列した品を見渡して言った。

玄関正面と左手の壁の二面が棚。中央に宝石店風に宝石や貴金属を飾った棚がある。残りの一面は掛け軸と壺《つぼ》をディスプレイしている。

棚の中には、硯《すずり》、絵皿、陶器から煙管《キセル》まで、種類は雑多だが年代物が多い。

「自然そうなるかな。だいたい客は、自宅にある値打ち品を持ってくるものだから」

肩の高さが五センチ以上、茅野のほうが高いのをちょっと気にしながら、棒に青いもふもふがついたナイロンハタキを手に、悠も店内を見回した。

床はクラシックな人工大理石。

店内は組み木の木材と、小粒のタイルを多用したモダンレトロの和風で、わざと今風に改装しない。

敷居を上げるためだ。うちは気軽なリサイクルショップではない。何でも人が来ればいいというわけでもなかった。

格式と信用が売りの店だ。金利を払って預けるに値する品を受け入れるためには、ちょっとお小遣いが欲しいだけの一見客を切り捨てることも必要だった。

「ここにあるのは売り物なんだ。質入れ中の品は、全部保管庫に入れてる。ここの店舗に出てるのは、全部質流れ品ね」

はじめから売りに来るつもりのものが七割、どうしても金が都合できずに請け出せなかった、諦めきれない品が三割だ。いずれにせよ品物は悠の目に適《かな》った品物ばかりだ。店舗の品物とそれに付けられた値は、悠の価値観と言ってもいい。

「ブランドバッグとか、限定品の時計とかはないのな」

「……」

不思議そうに棚を見回す茅野がそっと地雷に足をかけるが、悠は静かにそのつま先を押し戻した。

「バイヤーから買ったブランド品を転がせば、儲《もう》かるには儲かるけど、うちはそうじゃないんだ。あくまでも品物を預かるのがお商売。だからウチで言う質流れ品ってのは、迎えにきてもらえなかった品物ってこと」

わかりやすく話したつもりの説明が、妙に感傷的に響いた。悠はしっかりした笑顔を浮かべなおした。

「これは細かい埃《ほこり》を取るためのハタキ」

と言って茅野に青いハタキを渡す。

「コイツで商品と棚をきれいに拭いて。優しく。撫でるだけで吸着するから、ごしごし擦《こす》るなよ？　棚は上から。一つずつ手にとって棚の外でやる。こっちから」

「……」

棚のガラス戸の足元についた鍵《かぎ》を外して戸を開け、いちばん左端の皿に手を伸ばした。

入れ替えたばかりの棚だった。立てかけた皿は小皿で、奥まりすぎた場所に飾ったから手が届かない。

いつもなら、隣の棚の隙間《すきま》に隠してある踏み台を出して終わりのところだが、茅野の手前《なんとか》と思った。

「取ろうか？」

背のびをする悠の背後から、茅野が手を伸ばす。悠の肩に手をかけ、背中越しに皿に手を伸ばそうとする茅野に、なぜだか焦った。

「いいって、触るなよ」

自分にか皿にか。わからないまま、茅野より先に皿に手を伸ばそうとしたとき。

「あ」

ふっと目の前が暗くなって、悠は上げた手を下ろそうとした。指先が、皿を立てかけていた飾り台に触れる。

皿は軽い。簡単に棚から落ちるのが暗い視界に見えた。

「わ！」

慌てて茅野が手を伸ばしてくれたが、悠が伸ばした手と皿の手前でぶつかってしまって、皿は床で割れてしまった。

「嘘……！」

五枚一組、古伊万里《こいまり》の皿だ。割れたのは一枚だが、箱付き五枚組の一枚が欠けると大きく値が下がる。

「ちょっと待って！　質屋さん、貧血？」

「それより皿！」

「見えてないだろ、怪我するって」

見当違いの床に手を伸ばしたらしい悠の手首を握り、悠を背中抱きにした茅野が、一緒に床にしゃがみ込んだ。首筋に吐息が当たると思ったら、そのまま唇で触れられた気がした。脈でも診ているのだろうか、押し当てられているようだ。

そんなに心配するほどではないのに、と困った気持ちになりながら、悠はそのまま俯いて頭を低くする。

「……」

数秒で視界に明るさが戻ってきた。生汗が滲み、頭の芯が、きん、と痛むが他は何ともない。ただの立ちくらみだ。

しかし床を眺めるとまた目の前が暗くなりそうだった。

手の大きさの古伊万里の皿、一枚三十万円が真っ二つ、ならぬ真三つだ。

「ヤバイ。どうしよう……」

と呟いたのは、悠ではなくて茅野の方だった。

「お値段、幾ら？　これ」

「一枚三十万。……自分が割ったと思ってるの？」

不安そうに訊く茅野に、悠は怪訝に尋ねた。茅野は真っ直ぐではっきりした形の眉の付け根を寄せながら、戸惑う声で答えた。

「いや……。半分は、何ていうか質屋さんが……、と思うけど、俺が手をぶつけたから取り損ねたんだよね？」

半値を負うと茅野は言うつもりなのだろうか。だが悪いのは踏み台を出さなかった自分で、見栄を張って茅野に取らせなかったのも、意地になって不用意に指を伸ばして皿を突いたのも悠だった。

そんなことはない、と思ったが、茅野が先に言った。

「ごめん、質屋さん」

「まあ……」

八つ当たりなのはわかっているが、茅野があんなことをしなかったら、そもそも茅野がいなかったら、いつもどおり踏み台を出していたはずだ。

少し意地悪をして気が済んだら、嘘だと言おうと思いながら、悠は曖昧《あいまい》に茅野の謝罪を受け入れた。

「質屋さん、知ってると思うけど、今すぐお金は払えない。ごめん、どうしよう」

「その《質屋さん》てのやめてよ」

二日間とはいえ従業員だし、茅野は客でもない。

「保久原さん、だったっけ」

「名字はあんまり好きじゃないから、悠でいい」

「悠さん？」

「呼び捨てでいいよ。年下だし」

「じゃあ俺も涼平でいいけど」

「なんか、それはちょっと」

いきなり打ち解けてなあなあになるのはよくない気がした。一応店主と従業員だ。年の近い友人は少ないが、茅野と親密になりたいわけではない。もともと自分が名前を呼ぶ相手は限られていて、ほとんどがごく親しい身内だ。

茅野は数日でいなくなってしまう。本来なら悠のほうが偉そうでいいはずだが、自分の名前を呼ばれるより、相手の名を呼ぶ方が、なぜか心を預けてしまったような気がする。それもなんだか嫌だった。

「じゃあ、三分の一負担でいい？　茅野さん」

行き場のないやるせなさの三分の一を、とりあえず茅野に押しつけると悠は嘘を吐《つ》いた。

「もしかして茅野さん、サラリーマンっていうのは調理師って業種だった？」

会社から給料を得ているなら、それもサラリーマンかもしれないが、と悠は思いながら、茅野の鮮やかな手元を眺めた。

「いいや？　普通の運送業の営業。大きな荷物運びませんかとか、イベントの設営やりますよとか、事務所の引っ越ししませんかとか、契約取ってまわる感じの」

と答える茅野の手に握られたフライパンから、細切りのピーマンと牛肉が宙を舞う。

――食わせてもらうんだから家事もするよ。

帳簿をつけるから、夕飯の時間が少し遅くなってもいいかと茅野に訊くと、茅野は気軽にそう答えた。冷蔵庫の中のもので何か作っていいかと言うが、牛肉のスライスと冷凍中華ミックス、野菜はピーマンしかなかったはずだ。

冷蔵庫を覗きにいった茅野は戻ってきて、《青椒肉絲《チンジャオロウスー》好き？》と訊いた。《レトルトのミックス調味料なら、店を右に出た角を曲がるとスーパーがあるから、そこで買ってきて》と、手提げ金庫から千円札を差し出したら《適当でよければ自分で作るよ》と茅野は言った。

「はい、味見。薄めに味付けないと白飯ガツガツ食うからこのくらいでどう？」

小皿に乗せられた肉片と箸《はし》を受け取り、悠はピーマンと一緒に口に運んだ。

味を確かめて茅野を見る。

「……すごい。青椒肉絲だ」

思わず驚いた声が漏れた。

うちに青椒肉絲を作れるようなしゃれた調味料はないと言ったが、《オイスターソースがあるから十分》と茅野は答え、《同じ醸造酒でも、紹興酒《しょうこうしゅ》のがそれっぽいけどね》と言いながら日本酒を加えた。チューブの生姜《しょうが》を搾《しぼ》ったり、普通の塩コショウを振りかけているところを見ると、せいぜい牛肉の砂糖醤油炒めができるのだろうと思っていたが、口に入れてみるとちゃんと青椒肉絲味だ。茅野曰《いわ》く、紹興酒がないからいかにも《中華》な風味はないが、これが何かと訊かれたら青椒肉絲と答えるしかない。

「自炊が長かったんだ。住んでたのがシェアハウスだったから、一緒に住んでた中国のひとに習った」

「二人？」

「いや八人。シェアハウス用アパートって言ったほうが分かりやすいかも。キッチンと洗濯機とリビングが共用。あとは普通のアパートと同じ。一人暮らし」

「へえ」

二年前、先代が亡くなるまで、ここでずっと二人暮らしだった自分からは想像がつかない生活環境だ。

「今そこに住んでないの?」

「うん。先々月出た」

と言って茅野は黙った。

元サラリーマン、先々月退社。その先を茅野は喋らない。

財布の中に免許証があった。住所は隣の県で、偽名でもない。金融と質屋が持つブラックリストにも名前は挙がってこない。

「もうご飯よそっていいよ?」

さっきの話題を忘れたような笑顔で言われ、悠は「どのくらいにする?」と訊いた。

「昨日より少なめ」と答えて茅野は苦笑いをした。

そんな茅野に、困ったように悠も笑う。

「今日はもう吐かないと思うけどね」

昨日、目がさめたあと、丸四日間、何も食べていないと茅野は言った。腹が減っていると言うから仕方なく、悠の夕飯を分けてやった。茅野はひと息で掻き込んで、すぐにトイレに駆け込んだ。空腹すぎて受け付けなかったらしい。だが吐いても五百円は五百円だ。翌朝ゆっくり、普通の和食を少なめに食べさせてみると吐かなかった。昼も普通に食べた。本当に腹が減っていただけだ。

理由を問うと《金がなかったから》とだけ繰り返す。その理由も喋らない。

ジャーからご飯をよそって、障子のむこうにある居間の座卓に茶碗を置く。小皿を取るために台所に戻ってくると、いつの間にか紛れ込んでいたトイチが、茅野の足元に擦《す》り寄りながら鳴いていた。

「トイチも食うの？　牛肉平気？」

「トイチはキャットフードしか食べない。他に食うのはあんパンだけ」

「あんパン？」

「そう。トイチのおやつ。ちょっとだけだけどね。人間の食事は食わないけど、俺たちが何食ってるのかは必ず見にくる。例外は刺身と焼き魚かな」

「へえ。人なつっこいのな、コイツ」

脚にすり寄られている茅野が嬉《うれ》しそうに言う。

ちょっと人見知りで、知らない人間は、入り口の陰から覗いているタイプのトイチが、はじめからこんなに懐《なつ》くのは珍しいことだった。

「間違っても蹴り飛ばすなよ？　トイチも大事な質草なんだ」

ちょっと面白くなくそう言って、トイチに手を伸ばすと、茅野が驚いた顔でトイチと自分を見比べた。

「動物まで質に入れるの⁉」

それにしてやったりの笑顔を悠は返した。

「茅野さんと同じだ。雨の日に」

三年前だったか四年前だったか、思い返せば笑えるほど、今日そっくりな雨の日だった。

「箱に入れられて《預かってください》って貼り紙がされてた。金利も出さず置いてったんだ。でも引き取りに来る気があるならうちは質に入れる。そのかわり、金利は十日で一割。名前はトイチだ」

「なるほど……」

「さあて、もう何歳になったかなー、トイチ」

にゃーん。と返事をするトイチと額を合わせる。脇を抱え上げられたトイチの胴がにょろーんと長い。

悠に纏められるように丸く抱かれるトイチを見ながら不安そうに茅野が呟いた。

「俺も金を返せなきゃ、そうなるのか……」

「違うよ。普通の品は期限が来たら質流れだ。トイチは俺の目に適ったからここにいるだけ」

悠は生意気な顔で笑い返した。

「おまえはとっても高い猫だよ、トイチ」

腕に抱えたトイチの骨張った頬《ほお》を撫でると、答えるようににゃあん。とトイチが鳴いた。

夕食後、今日のニュースは一通り終わって、テレビはどのチャンネルも一斉に天気予報を流している。

降り続く雨は、明後日《あさって》の明け方までにはやみ、週末から天気は徐々に回復するだろうということだ。

梅雨明けまでもうひと息。長い期間のような気がしたが、終わると聞くとあっという間だ。

「午前中、掃除が済んだら外に出ていいよ？　茅野さん」

不覚にも食べ過ぎた。と苦しさに息をつきそうになったが、悠はその様子を見せないように茶をすすって、向かいで食後の茶を飲んでいる茅野に言った。

割った皿は三十万で、茅野の責任が三分の一、十万円だと伝えてある。今のところ茅野への貸付金は、アルバイト代を換算する前で、十万七千五百一円だった。金利はトイチ。後払いだ。

茅野が怪訝な顔で問う。

「外？」

「うん。朝、玄関を掃いて、床にモップかけて、今日の青いハタキで陳列棚拭いて。そのあと看板出して幕を張る。茅野さんの仕事はここまで。査定も接客もさせられないから、昼間は自由にしていいよ。職探しとか、行ってきたら？」

元々の七千五百一円はカッチリ支払ってもらうとして、皿の代金十万円は悠には端《はな》からもらうつもりがない。

職が見つかるか、十万円貯まったと差し出してきたら、それを差し替えして、出ていけと言うつもりでいた。もしも《皿代金はいらない》と言って、請け出しの金額だけ払わせて追い出せば、この調子ではまたどこかで行き倒れるだろう。

茅野は静かな性格で、だがぶっきらぼうというのではなかった。

以前からここにいたように、初めから簡単に悠の生活に馴染《なじ》んで、不思議なくらいよそよそしさがない。《自分の状態がわかっているのか？》と問い詰めたくなるほど、自分の金のなさや行き倒れの身を、苦痛にしていないようだった。

一日茅野の生活ぶりを見ていたが、茅野には、生活能力は普通程度にあるし、料理はこの通りだ。十万円あれば十分生活を始められる。

死にたい風でもないのに、なぜそれをしないのか、二ヶ月前に何があったのかと、会話のきっかけがあるたびそれとなく水を向けてみるが、絶対に茅野は喋らない。働いていた会社のネタ話はいくらでも話すのに、金がない理由や働かない理由に話題が及ぶと、ふと口を噤《つぐ》み、他愛ない他の話題を切り出す。いっそ黙ってくれれば問い詰めようもあるものを、客商売の経験者はこういうところが始末が悪い。

「……何のために仕事をするのかわからないんだ」

しばらく黙ったあと茅野は答えた。悠は眉を顰《ひそ》めた。

茅野は全体的に好ましい人間だった。生活がきれいで、何でもいちいち許可を求めてくる。性格も優しいし、うっとうしくない程度に明るくて話しやすい。羨ましくなるくらい容姿もいいと思うが、はじめっからこれだけはいただけない。

「こうして飯食うためでしょ。茅野さんが今日、掃除して働いたから、俺食材費を出したんだけど？」

日中店舗で働いて、料理も茅野が作ったのだから、タダ飯とは言わないが、茅野の労働は直接金を生み出さない。悠が茅野の仕事を労働と認め、賃金分の対価を食材代にしているからこうして茅野は飯が食えている。

「うん。そういうのはわかってる」

茅野は独り言のような声で答えた。イイヤツかもしれないが、放浪の哲学野郎の可能性は捨てきれなかった。

茅野の服の洗濯から店の掃除、布団を出したり、食器を出したり仕事の説明をしたり、近辺の店を教えたりと、結局悠は、何だかんだとここ数日で、半日分の仕事を溢《あふ》れさせてしまっていた。

客は来ないが、質屋はわりと忙しい。

預かり物を正しく保管するために、よく品物を見直さなければならないし、保管方法も考えなければならない。日割りの金利も多くて、半端な日数の質は計算が面倒だし、金相場銀相場は日々変動するから、流れてくる情報に目を通しておかなければならない。海外ブランドを扱うからには円相場は言わずもがなだ。

パソコンに公安委員会から、ヤクザの強奪品の質入れについての警報と通報依頼のメールが入っていて、それにともない、防犯協会から、防犯ベルと防犯カメラの整備状況の報告書が郵送されてきたから、その返事も書かなければならない。

質屋の組合報、贋作の警報、海外ブランド限定品新作情報、目を通すだけで日が暮れる。《質入れ期間終了の場合要連絡》とある質札の客には、請け出すつもりがあるのか流すのか、確認の連絡もしなければならない。流すつもりなら、今度は商品として仕入れの処理と、売るためのメンテナンスをしなければならない。

ようやく今日の帳簿まで追いついた。悠は、握った両手を上に上げ、うん、と声を出して、固まった背中を伸ばす。壁掛け時計を見れば午後十時を十五分回ったところだ。

店はとっくに閉店していてシャッターが下りている。店舗側の電灯は消され、カウンターの上の灯《あか》りが灯《とも》っているだけだった。孤独と言うつもりはないが、蛍光灯の白い灯りには独特の寂寥感《せきりょうかん》がある。

「……」

悠は電卓の隣に肘《ひじ》をついて頭を抱え、ため息をついた。

「何のために仕事をするかわからない、か。いいご身分だな」

それで行き倒れていれば世話はないのだが、少なくとも悠はそんな疑問を抱《いだ》いたことがない。

生きるためには働かなければならない。

贅沢をしなければ何とかなると言う人もいるけれど、ほんとうに何とかなるなら質屋など存在しないのだ。

生きるためには最低限の金が必要だ。金で命は買えないというのも嘘だった。命を金に換えられるのも本当だ。

大なり小なり分量の差はあるが、質屋は、人の人生を金に換えて、預かったり取り出したりするところだ。人間として生まれたからには、金とは縁を切っても切れない間柄だ。

帳簿の茅野のところには、貸し出したものの金額が細々と並んでいる。金額は小さいものの、圧倒的な赤だった。

「《一時預かり、トイチ》……っと」

瑠璃やで預かる特別な事情として、特記のところにボールペンで一言記した。本当は《行き倒れ》と書きたいところだが、後々、誰かが帳簿を見たときに、《質屋が金にならない情けをかけた》と思われたら、店ののれんに申し訳が立たない。トイチと書いたのもなんだか言い訳じみていた。

トイチの金利をかけたところで、たった二日で元が取れるか取れないかの、儲からない質だ。いらないバイトを雇うのだから実質的には損だった。

「あ……。やめときゃよかったのか」

書き終えてペンを離したところで気づいて、悠は独り言を零した。

日ごろの癖で思わず正直につけ出してしまったのだが、何も書かないという手もあった。しまった、と思ったが、帳簿を破るわけにはいかないし、文字通り帳消しにするのは質屋のプライドが軋《きし》む。

こうなったら一厘《りん》まできっかり計算してやる、と、思い直して悠は今日の帳簿を終えた。ノートを畳んで、抜き出してあった流出期日の迫った質札を捲《めく》る。

「コイツも請け出しにこねえんだろうな」

クリップで留めた数枚を捲って、悠は沈んだため息をついた。

一枚、明日が流出期限のものがある。質流れにする前に確認を取る、リマインドコールを表向き希望しているものの、なんとなく質入れを受けたときに予感がしていたのだ。

中年の女性だった。

宝石のイヤリングや、ネックレス。純金のブレスレット。最近高騰する金やプラチナ相場を知っていて集めてきたような品揃えだった。売るなら他所《よそ》へ、と言ったのだが、彼女は必ず請け出しに来ると答えた。先に価格を尋ねてきたから、他の店を回って来たのか下調べをしたのかもしれない。

質入れしたものの中に、純銀の小さなスプーンと結婚指輪が混じっていた。小さな輪っかはベビーリングだ。嫌な予感を覚えつつ、質入れを受けたのはそのせいだ。何か事情があって当座の金が必要なものの、きっと引き取りに来ると、願うように信じていた。

電話をしたが出なかった。念のため伝言も残したのだが、何の連絡もない。

珍しい話じゃない。何か事情ができたのかもしれない。電話に気づかないのかもしれない。引き取りに来る気がないからといって叩き返しに行くわけにもいかない。自分は契約どおり、期日が来れば、品物を質流れ品として扱うだけだ。

悠は物憂さを覚えて、玄関のほうを見やり、ため息をついた。シャッターを撫でる細雨の音が聞こえている。

この品物たちはいつまでうちにいることになるのだろう。

「入れたらちゃんと請け出しに来いよな……」

呻くような独り言が零れた。

雨が止むころには去ってしまうのだろう茅野のほうが、ずいぶんマシに思えるのだから、自分はかなり疲れているのかもしれない。

† † †

自分を好きだと言うくせに、どうしてこの男は悠の信念を理解しようとしないのだろう。

目の前に三十歳くらいの男が立っている。髪を軽くオールバックに流していて、鼻の右側と左耳にはピアス。上唇のは取ったらしい。やたら香水臭くてくしゃみが出そうだ。

無意識に息を止める悠の前に、コンビニのビニール袋からジャラリと貴金属が零された。

プラチナの指輪が鑑定トレーから跳ね出すのを、悠は、ぱし、と指先で押さえて止める。

金のブレスレット、ブランパンの時計、エメラルドのペンダント、ヴィトンの限定品の財布に、ディオールのブレスレット、ダイヤのイヤリング、カルティエ《ニジェリア》の指輪に、水晶の数珠《じゅず》、鑑定台の上に、ごとんと置かれたのは、アメジスト原石に囲まれた金の観音像だ。

ざっと見一千万と言うところだろうか。この不景気によくぞという宝石貴金属の山だ。

メタルブルーのスーツにエナメルの靴を履いた近藤《こんどう》という男は、上半身をかがめてカウンターに肘をつき、自慢げな声を出した。

「どうかな。腕がいいだろ、俺」

「そうですね、ありがとうございます」

質屋にとってカウンターは勝負の場だ。そこに無遠慮に肘をついてくる近藤に悠は内心むっとするが、こんなふうでも近藤は客だ。質屋の道理を曲げない限り、文句を言ったら自分の負けだった。

ホスト崩れにも見える近藤は、暴力団の組員だ。シノギの一部として、現金で剝《は》がせない債券を貴金属や品物で引き上げてディスカウントショップや質屋で換金し、回収金として現金で組に持ち帰る。

あきらかに暴利で回収してきた品物だろうが、近藤に訊いても必ず《適正な相場と交渉でもらい受けてきた》と言うし、近藤が持ち込んだ品の質札の写しも、きっちり公安委員会に見せる。表向き、不正はどこにもない。

質屋の悠には、この品物の出所や相場をそれ以上訊くことはできない。品物が正当に近藤のものだというのなら、質入れを断る理由がない。

「さっそく査定を……」

近藤の考えをわかっていて、いつものように悠は切り出す。五度に二回は質請けしないのに、近藤にはまだ悠の考え方がわからない。

「八百でいいよ。悠の店だから」

「査定はもう少し出そうですけど」

「いいって。あとは悠の小遣いにしろよ」

香水臭い顔で寄るだけ寄って、唇を尖《とが》らかせ、囁《ささや》く声で近藤は言う。悠はわざと視線を上げずに答えた。

「わかりました。八百でお預かりします。金利はいつもどおりで、期間は三ヶ月でいいですか？」

一千万以上の品物を預かって、八百万円しか現金を出さなくても、それはそれでアリだ。品物を請け出すときに八百万分の金しか払わなくていい、一部質入れというシステムだ。金融で言うなら根抵当権と同じだ。査定金額の範囲で何回に分けても金は出るし、一部しか出さなくてもいい。出した金が全額戻ってくれれば品物を返すだけだ。

近藤は金の八重歯を見せて笑った。……九千円、と心の中で呟く。

「請け出すわけねえじゃん。悠のためだよ。今月俺、上納が余裕なの。いい筋見つけちゃってさ。だから悠に儲けさせてやろうと思って」

「請け出す気がないものは預かれませんって言ったでしょう、近藤さん」

この男も、先日のバイヤーと別の論法で、質屋とは何かを理解しない男だった。

近藤はねっとりした声音で言った。

「もういいだろぉ～？　硬いこと言うなよぉ。俺と悠の仲じゃん？　警察はなんもしねえよ。ウチのシマには目をつぶらなきゃ、アイツらもやってけねえし、とっくに手打ちなんだってぇ」

警察と目こぼしの約束はできていて、よほどの無茶をしない限り、警察は近藤のことも、近藤から質請けをした悠のことも咎《とが》めないと言う。だから近藤が持ち込む品物を相場より安く買って、普通に売って、浮いた利益を小遣いにしろと近藤は言うのだ。

「そういうんじゃありません。出す気がないものは質入れできないって言ってるんです」

持ち込まれた品は素材で売れる品ばかりだ。デザインが古く、客の買い手がつかなくとも、純金や宝石粒《ルース》なら貴金属業者が丸買いする。

品筋がいいからたしかに惜しいが、今回も見送るしかないと悠は思った。一度目が眩《くら》めばずぶずぶだ。利益は欲しいが店ののれんは汚せない。

「悠……」

「近藤さんに請け出す気がないのなら、元の持ち主の全部のリストを出してください。そしたら店の規約どおり、三ヶ月から預かります」

この中には掛けがえのない品があるかもしれない。巻き上げられた元の持ち主に知らせれば、本人が請け出しに来るかもしれない。

それを待っていいなら質入れに応じるが、この点数では近藤も、誰から何を巻き上げたか覚えていないだろう。

「いい加減にしろよ？　悠。何が気にくわないんだ」

「うちは質屋です」

「だからこうして宝石売りに来てるだろうが！」

「預かりますが買えません」

不機嫌になってくる近藤にうんざりしながら悠は答えた。

《預けて請け出しに来ないだけ》

結果は同じだが、質屋の信念から外れるのだということを、どうしても近藤は理解しない。

顔を歪めた近藤に、怒鳴られるかもと思ったが、今日の近藤は上機嫌らしかった。しなだれるように声音を変えて、近藤はタバコくさい息で囁いた。

「なあ。これで悠を請け出したいって言ったらどうするんだ？」

「冗談もほどほどにしといてくださいよ。なんで俺が」

吐き捨てた途端、近藤が怒鳴った。

「おまえが何でここにいるのか、俺は知ってんだよ！　かわいそうだから今まで言わないでやったけど、お高くとまってんじゃねえよ！」

「アンタに俺は請け出せないよ」

あとで本気で塩をまき散らそうと思いながら、悠は唸る。

「おまえ、誰見てモノ言ってんだ⁉　ああ⁉　組で二番の上納積むんだぞ？　俺は！」

近藤は怒鳴って、カウンターごしに悠のＴシャツの襟ぐりを摑んでくる。とっさに近藤の腕に手をかけたが、喉《のど》を絞められる様子はないから悠は笑った。この程度の荒事に怯《ひる》んでいては、質屋は到底務まらない。

「全財産でも足りないよ。俺は高いんだ」

「幾らか言ってみろよ、この！　調子に乗りやがって！」

襟ぐりごと悠の胸元を突き放し、近藤が框のほうから中に上がろうとする。

「アンタには聞かせられない値段だよ」

「テメエが高いのは気位だけじゃねえか！　質屋風情が！」

膝で上がり込んでこようとする近藤に、悠は手探りでカウンターの奥にある通報ボタンに手を伸ばす。

店がめちゃめちゃにされるかもしれない。警察が到着するまでにどのくらい近藤を抑えていられるかが被害額に関わる。

ヤクザに暴れられることなど、質屋の業界では珍しくないできごとだ。被害届は出すが泣き寝入りが通例だった。

店は荒れるし、痛手は食うし、一方的な大被害だ。しかし一度譲ると乗っ取られる。ナメられたらおしまいだ。

うるさい公安委員会に、痛くもない腹を探られたくないが……、と諦めてボタンに触れるのと、框に乗り込んでくる近藤の顎に、茅野の膝がきれいにはまったのは同時だった。

「……」

茅野は蹴り飛ばさず、近藤の顎を膝で上げさせた姿勢で動きを止めている。

片膝を框に掛け、茅野の膝に顎を乗せて完全に喉を伸ばした近藤はまったく動けず、床に届かない両手をペンギンのようにぱたぱたさせるだけだ。顎を下から押し上げられているから怒鳴れもしない。

「茅野さん……」

「どうしたの？　喧嘩？」

乱暴なのか穏やかなのかわからない涼しい様子で、片膝を軽く上げたまま、茅野が悠を見る。

「……なんだお前えぇッ！」

仰《の》け反りながら転落するように框から一度下りて、茅野の膝を外した近藤は、後ろに大きくよろめいて茅野を恫喝した。

「アルバイト」

茅野は自分の身柄を簡潔に答え、今度は軸足の踵《かかと》を軽くずらして反対の足先を軽く上げた。

「ッ！」

さすがに近藤は喧嘩慣れしているようだ。飛びかかれば、茅野の足先は容易に近藤の顔面にヒットする。茅野のほうがリーチが長い。しかも框の上にいる。

素手では圧倒的に茅野が有利だった。蹴る姿勢で上げた茅野のつま先に、自ら飛び込むようなバカは、近藤だってしないだろう。

「お……覚えてろよ！」

近藤は、何十年も進化しないお決まりの捨て台詞を吐き、カウンターの上の宝石類を摑んで、スーツのポケットに押し込みながら店を出ていく。悠はそれを呆然《ぼうぜん》と眺めた。

ばあん！　とガラスが割れそうな音で引き戸が閉められる。

その音に我に返った悠は呟いた。

「……強いね、茅野さん」

「いいやぜんぜん」

息も切らせずに平然と茅野は答えるけれど、ジーンズのポケットに右手の親指を掛けたまま、偶然と言うには見事すぎる足技だった。

茅野は思い出すように、染めた気配のない真っ直ぐな黒髪をゆるっと搔いた。

「なんだっけ。カポエラ？」

「……」

訊かれても悠には答えられない。

カポエラと言えばテレビで見たことがある、旋回するプロペラのような、キレのいい足技メインの格闘技を、そう呼んでいた気がする。

茅野は自信がなさそうな声で続けた。

「シェアハウスにいたブラジルの友だちに教えてもらった。遊びだけど」

「茅野さん、どこに居たの……」

「普通のシェアハウス」

カポエラと青椒肉絲の跳梁《ちょうりょう》する、不思議の国のシェアハウスだ。

びっくり箱のような茅野だが、もっと驚くことを茅野は言った。

「悠は、そっちなの?」

「えっ……。あ……?」

そうじゃないと言ってても信じてもらえるかどうか、《そっちって何が》と問い返すのが先かと考えるより先に、茅野は言った。

「俺もなんだけど」

とりあえず聞き流すことにした。

――そうだったんだ。助けてくれてありがとう。

悠が言うと、

――どういたしまして。俺、あんなことして大丈夫だった？

茅野は答えた。見事に一瞬で流れたと思ったが、茅野が引っかかった。訊きにくそうな声でぼそっと言った。

――悠、売りやってんの？

やってない、と答えた。

金に固執する質屋の店主だ。高い金利がもらえるなら、身売りをすると思われても仕方がない。

――だって《高い》って言ったじゃん。

気まずそうな声で茅野は言った。案外心配性かもしれない。自分の身を先に心配しろと思いながら悠は、すかした表情を作って見せた。

――まあ、俺は高いに違いないね。値段聞いたら絶対請け出さなきゃならないけど、茅野さん、俺の値段聞く？

冗談めかして悠が答えると、茅野は素直に頷《うなず》いた。

――金で買ったりしないけど、ちなみにお幾ら？

と割りと真顔で言うから、なんだか脱力で笑いが漏れた。

本当に買う気があったのか。飯も食えない一文無しのくせに、男の身体を買う金は出せるとでも言うつもりだろうか。

あまりに開けっぴろげな茅野に毒気を抜かれて、悠は素直に話すことにした。

さっきの近藤というヤクザがゲイで、自分に利益を与える代わりに抱きたがるだけ、と答えると、茅野は《ああ、ね》と一人で納得したような曖昧な声を出した。

カウンターの上に近藤が摑み損ねた貴金属が散らばっている。片方のイヤリングや、オニキスのネクタイピンを鑑定トレーの上に拾い集めていると、立ったままの茅野が訊いた。

「それ、買わなくてよかったの？」

「うん。引き取れば必ず売れる、筋がいい品物だけどね。うちは預かるのが商売なんだ。最近、大半の質屋は買い取りもやるけどうちは違う。端から売り払うつもりの品物は預からない」

最近この説明ばかりしている気がするが、茅野にも一度、質屋とリサイクルショップの違いを言い聞かせておかなければならないと思う。何日も一緒にいるわけではないが、せっかく質屋に縁があったのだ、学んでおいても損はない。

「でも……」

悠の説明に、茅野がもったいなさそうな顔をする。儲かるのに、とでも言うつもりなら、その場に正座をさせて、質屋の何たるかを一から細かく説明する気でいたが、茅野は心配そうな顔で深刻に言った。

「三十万円分の利益って、かなり頑張らないと出ないいんじゃないの？」

「……もしかして、皿のこと言ってんの？」

何か言いたげな茅野の言葉の中の、三十万というキーワードに悠は思い当たった。茅野は言いにくそうな声で続ける。

「うん。なかなか客は来ないし、悪いけど、……ぱっと見た感じ、すごく儲かってるようにはちょっとそんなに見えない、かな、って。店も……あんまり新しくないし、品物も、こう……昔風っていうか、ばあちゃんが嵌めてそうっていうか、やっぱりそんなに……」

遠回りに遠慮がちに、店が古くて、店舗に飾っている商品も古くさくて売れそうにないと茅野は言う。先ほど自分に身売りをしているのかと訊いたのも、悠の生活の心配をしたのだろうか。

「あの、さ……。ブランドバッグとか時計とか、流すと儲かるって聞いたことがあるけど？」

アドバイスをくれる茅野のそんな言葉を聞いても、腹が立たないどころか、精一杯気を使って喋っている様子に思わず笑ってしまった。

「悠……？」

「ごめん」

と笑いながら言う悠に、茅野が戸惑う顔をする。

「笑ってごめん、店のことを心配してくれたんだ？　茅野さん」

毎日こんな売り上げで、三十万円もの損失を出してしまって、この店は大丈夫なのかと茅野は心配したらしい。

たしかに店に陳列している骨董や宝石は古めかしく、ふらっと立ち寄った客が買う感じのものではないし、外観は見るからに質屋だ。お得なブランド中古品が買えそうな感じでもない。いかにも古風だ。ディスカウントショップに比べれば敷居はとても高いだろう。茅野が助けに入ってくれたのも、金を取るか身を売るかの窮地だったと誤解したのかもしれない。

茅野は戸惑うような顔をした。

「うん。客なんか見たことないのに、悠、暮らしていけるのかな、って。店も……その……、こう。あれだし」

「言い過ぎかもだよ、茅野さん」

気遣ってくれているのはわかるが、さすがに想像しすぎだと悠は眉を顰めた。このところ運は最悪だが、普段から客足はこんなものだ。それに茅野に心配されるような暮らしぶりではない。

並ぶほど盛況の質屋は見たことがないし、二日間、まったく誰も来ないことも普通だ。

「でも」

「品物が売れなくても、金利でやってけるんだよ」

心配と気まずさをない交ぜにした声で呟く茅野に、悠は笑いかけた。

「品物を預かって金利を得る商売だ。周りの人の目には見えにくいけど、ちゃんと利益は出てるんだよ」

「……そうなの？」

「うん。最近できた質屋は、リサイクルショップとほとんど同じようなところもあるけど、うちが品物を買い取らないのはわかっただろ？　うちにあるのは全部、預けた人にとって、請け出す価値があるものばっかりだ。金利は先払いだし、預かり賃は茅野さんの想像より、けっこう貰ってるから」

と言って、ふと思い出し、苦笑いをした。

「いちばん金にならないのが、アンタの質」

目一杯査定しても千四百一円にしかならない、金利もろくに取れない銀のロケットだ。

「ごめん。でも……」

「正直、あれは損なんだけど、アンタには請け出したい気持ちがあるから、うちは請けるよ。質屋だから」

笑いかけると、茅野は一瞬、きれいな一重の目を切なく細めた。

ああ、あのロケットは茅野にとって本当に大事な品物なんだなと駄目押しのように確信できて、悠は、あのロケットで損をする最後の納得をした。預かってよかった。……だからといって、千四百一円以上の値は付けないが。

「トイチ、ってのは冗談だけど、質屋は年間百九・五％の金利まで取れるって法律があるんだ」

「百九％って？」

「ぴんとこない？　銀行のカードローンの平均金利が八％前後、クレジットカードは約十八・五％から二十三％くらい。消費者金融でも三十％くらいだよ」

「やっぱりそれは暴利なんじゃないの？」

「純粋に金利だけじゃない。鑑定料、保管手数料、それに盗犯品かどうか、公安委員会とか警察に捜査協力もしないといけないから、その手数料とかね」

「それにしたって、……儲けすぎじゃないのか」

自分のロケットを質入れをしている身をわきまえて、遠慮がちに訴える茅野に、悠は自分の瞳を人差し指で指し示しながら答えた。

「適正を鑑《み》るのも質屋の仕事。いくら暴利を決めたって、金を返せなかったら質流れだからね。でも金さえ戻してくれたら後腐れなしのきれいな商売だ。それに普段はそんなに取らないよ。無理を言ってくる客からは取るし、無理を言えない客からはあんまり取らない。返してやりたい品物からもあんまり取らないし、逆を言えばはじめから流す気のヤツからは目一杯取る」

「でも、俺の借金はトイチって言ったじゃないか」

勢いで言ったことを本気にしていたらしい茅野が、少し不機嫌に訴える。悠はごまかす笑顔を浮かべた。

「まああのときはね。情で金を貸したら、お互い泣く目に遭《あ》うから、きっちりいただくつもりでいたんだけど、皿の十万円があるし、ちょっとそこは明日くらいまで許らせて」

茅野の働き具合とか、人柄を見て判断しようと思っていたところだ。だがこうして助けられもしたし、そのお礼と思えば、本当はもうロケットを返してやってもいい。

「……」

ふと、今切り出せばいいのにと悠は思ったが、なぜか言い損ねてしまった。

——ありがとう、さっきので金利はチャラにしとくよ。

皿の十万円もはじめからもらう気がなかった。貯金をする気がなさそうな茅野に、強制的に十万円貯めさせて差し返したかった気持ちはなぜかもう、ついでのようだ。

一人暮らしが寂しくなったのだろうか。そんなことを考えたがそれは違うと思い直した。寂しがっている暇はないし、この業界でひよっこの自分は、勉強しなければならないことが山ほどある。

先代が病で亡くなって二年、のれんを守ろうと必死に過ごした時間はあっという間で、やって行けると自信を得たところに転がり込んできたのが茅野だ。

たまたま人恋しくなったのだろう。

自分らしくない感傷的な気分を自分で査定するとき、後ろでトイチの鳴声がした。

トイチは怖がりだ。近藤の大声に驚いて、部屋の隅に隠れていたらしい。

伸ばした手に、おでこからすり寄ってくるトイチの頭と背を撫でながら、悠は見守るように立っている茅野を見上げた。

「まだ心配してる？」

「正直なところまだ少し。金利が高いのはわかったけど、客が来なきゃ商売にならない」

「……」

ここまで至極まっとうな社会感覚を持った男が、どうして今さら働く意味など考えるのだろう。

不思議に思ったが、今日は少し気分がよかった。しつこい近藤を爽快に追い払えたからかもしれない。それとも軽く足を上げただけで近藤を撃退した茅野が、妙にかっこよく見えたからだろうか。

さっきの礼を兼ねて、茅野の心配を晴らしてやろうと悠は思った。

トイチを抱き上げながら茅野に言う。

「ディスカウントショップが多い昨今、客待ちじゃ暮らしていけないのも確かだし」

一般的に考えれば、茅野の心配は間違いじゃない。

「質屋の秘密を見せようか？」

滅多に見せないものだったが、滅多というなら茅野のいる今が多分滅多だった。

暮らしているぶんには目立たないが、この家には居住空間のど真ん中に、四面襖《ふすま》の部屋がある。

どの部屋から見ても、ただの襖にしか見えないが、襖を開けても三面は壁だ。隣の部屋とは繋がっていない。真上から見取り図を見て、初めて気がつく屋敷のブラックボックスだ。

悠は仏壇の横にある襖を開けた。開けない限りはただの襖だ。だが開ければそこは、壁一杯の大きな金属の扉だった。

「……銀行？」

後ろに立っている茅野が訊く。

胸がぶつかりそうな目の前に、灰色の金属の壁が現れた。

ドアノブの位置には車のハンドル状の丸い取っ手、隣には手回しのダイヤルが大小。金属ドアの横には電卓のようなデジタル暗証のプレートがある。

「うちは古美術商と倉庫を兼ねてるから、質流れで儲かるときはどかんと儲かるんだ」

デジタル暗証を打ち込み、ダイヤルを捻《ひね》って鍵を解除する。

「古美術は何となくわかるけど……、倉庫？」

「そうだよ。倉庫ってのが質屋の本分」

茅野に白手袋を渡し、同じものを悠も左手に嵌める。悠は腕に力を込め、分厚い扉を外に開いた。その向こうに鉄の横格子が現れる。悠は素手で取りだしたポケットの鍵を挿し、格子を横に開けた。

「ディスカウントショップの利益が海面っていうなら、ここは深海ってところかな」

「わ……」

電気をつけると背後の茅野が、思わずといった声をあげる。

「老舗だけが持てる深い海だよ」

光が届かず、空気がものすごい圧力で静止したままなところも、深い海とよく似ている。

二十畳の金庫だ。

壁の棚には掛け軸の箱や洋画が置かれている。金属の籠《かご》で固定された木箱の中味は焼き物や香炉だ。細かく仕切られた桐の簞笥《たんす》の引き出しに入ったものは扇子や指輪の小物類。大きな引き出しは刀剣類や金属、超高金利で預かっている謎《なぞ》の土偶の正体は悠も知らない。

壁の二面が棚と簞笥、中央には紫外線を通さない特殊ガラスの箱があり、絵画の箱が固定されている。

「高金利の中には《品物を必ず守る》代金も含まれてる。謂《い》わば金庫代ってやつだよ。この金庫にはけっこう金が掛かってるんだ」

強盗が入っても火事が起こっても、たとえ悠が死んでも、期日が来れば、客の前に必ず元通りの品物を揃えてみせる約束代金。それが質屋に高金利が許される理由の一つだ。

海面で、少額の利益を転がす新店舗とはわけが違う。海の底を強く這《は》う、揺るぎない金の流れに触れられるのが、歴史ある質屋の証《あかし》だった。

「奥の金庫はこの中でも特に高級品。もう何十年とここにあるんだ。家宝とかって名目で預かってるけど、重文、国宝クラスのものも混じってる」

「そんなもの、個人で預かっていいものなのか？」

「どれほど貴重だろうが高値だろうが、指定手続しなけりゃただの個人の持ちものだ。家にあるものをどうしようが家の人の自由だろ？　茅野さんの机の奥にも、とんでもないレア品が入ってるかもしれないよ？」

「ああ。見たことがあるな。《なんとか鑑定団》とかそういうの」

「そうそう。茅野さんっていうより、茅野さんのお父さんの年代だと思うけど」

さりげなく茅野の家の話題を振ってみたが、茅野は何も答えなかった。

茅野はもう一度壁の品物を見回して、悠を見た。眉は心配そうに顰められたままだった。

「たしかにすごいけど、入れてるだけじゃお金にならないよね」

悠のもくろみどおりの質問が来る。茅野の賢さに満足しながら悠は答えた。

「それがなるんだ。利息——わかりやすく言えば、保管料だけ払い続けて、うちに預けっぱなしの品物がほとんど」

「そんなことして何になるんだよ」

「絶対守りたい品。——あるいは資産隠し」

にやりと笑って悠は答えた。

家に置けない品。高い質屋の預かり金を払ってあまりある有形の資産だ。たとえば億がつく値の有名画家の絵や由緒が正しすぎる家宝だ。所有するだけで莫大な税金を取られる品物は質屋に隠しておけばいい。

他にも個人の秘密、歴史的秘密を裏付ける証拠の品など、高額の預かり賃を払っても、隠しておかなければならない秘密はこの世にごまんとある。見るからに、いかにもお宝的なものから、古ぼけた一通の封書まで、品物は様々だが、どれも必死で人目から隠さなければならないものだ。それを守るのが質屋の仕事だ。

「うちは保管料だけで食ってけるの。わかった？」

「なるほど」

目を丸くした茅野が、ビックリしたような納得のため息をつく。

壁にヒビや隙間がないか確かめながら、悠は茅野を奥へと案内した。

「家が全焼してもここは室温十度で焼け残る。銀行顔負けの金庫室だ。質入れされてる品物は、全部ここで最適の管理をしてる」

と言って悠は、透明の引き出しの一つを引いて茅野に見せた。

「あ」

と茅野が声を出す。磨かれて、箱の中で紺色の保管布にくるまれている銀のロケットがある。箱の下に敷かれた預かり証には、茅野の名前と、質入れの日付と期限、《金壱千四百一円也》と金額が書かれている。

「……」

――取っていいよ。

そう言いたくなる気持ちが悠の喉に込みあげた。

質屋の在り方を話して、秘密の心意気を見せる。

誰にでも簡単にはできないことだ。なぜ茅野にそれを見せたかは自分でもわからなかったが、茅野にならいいと思った。茅野の次は、いつそんな人間に会えるかわからないと、焦るような、急に茅野の腕を摑みたくなるような、衝動的な気持ちもあった。

たった千円ぽっちの品物だ。金庫の開け賃にもならない鉄くずだ。ついでに今返した方がいいかもしれない。

茅野さん、と切り出そうとした悠の目の前で、茅野がロケットを見つめたまま呟いた。

「ありがとう、悠」

眠る人を見つめるような眼差《まなざ》しをした横顔で、茅野は言う。唇が、「よかった」と呟くのが見えた。

「……取り戻したいなら、早く職を見つければ？」

失敗した、と思ったけれど、悪いことはしていないと悠は心の中で言い訳をする。茅野は金を返していないし、期限はまだだ。

「うん。そうだね」

こんなに大切そうな目をするくせに、自分がゲイだなんて簡単に打ち明けるくせに、茅野は、たった数千円の金が稼げないと本気で思っているような諦めの表情をして、曖昧な言葉を吐くだけだった。


茅野にロケットと感動のご対面をさせて、さっさと金庫から追い出した。

電気を消し、確かめながら確実に施錠してゆく。

横格子の引き戸の鍵を閉めているとき、茅野が訊いた。

「そういえば、あの割れた皿はどうしたの」

「なんで?」

「いや、捨てるしかないのかな、って思って」

ああ、と悠はため息をついた。

「欠けたり、ヒビが入ったりくらいなら何とかなるけど、ああも見事に割れてしまえばね。重文クラスなら、死ぬ気で修復する人間がいるけど、あれはただの骨董だ。使えないものはいらないだろ」

質屋には価値のないものは置けない。

「始末したよ」

教えてやると、茅野は残念そうな息をついて頷いた。

三十万の皿が割れて、修復すれば二、三万になるのではないかとでも思ったのだろうか。

文化的価値と骨董は存在理由が違う。文化財になるものは、存在自体が価値だ。保存状態がいいに越したことはないが、割れていようが破れていようが、存在すること自体に意味がある。店舗で売っている品は、せいぜい古物か骨董品だ。今はもう手に入らない作家の品でも、使用できなくなればただのガラクタだった。

「それより」

と、悠は茅野を振り返った。

聞き流してやるつもりでいた。もう一度きっかけがあれば今度こそロケットを返してやろうと思っていた。

だがたぶん、自分は茅野を知りたいのだ。ロケットを見つめる茅野の横顔が、気になってしかたがなかった。金にならないあのロケットを質に入れ、茅野の事情という金利を欲しがっている。

「何で働かないのか、事情を訊かせてもらおうか、茅野さん」

「だから、何で働かなきゃいけないのかわからないって……」

「わかんない理由を話してもらおうかって言ってんだよ！」

飯が食えない、暮らせない。自分の状態も考えず、この期《ご》に及んでそれ以上の理由があるというなら是非聞いてみたい。

茅野は他人事《ひとごと》のように、不思議そうに悠を見ていた。そしておそるおそるといった口調で尋ねてきた。

「悠は質屋のくせに気が短いって言われない？」

「たまに言われるけど、俺はちゃんと働いてるよ？」

言い返すと茅野は黙った。

口火を切ったのは強い声音だったが、茅野の打ち明け話は穏やかなものだった。

「普通のサラリーマンになりたかったんだ」

「異常なサラリーマンって何」

玄米茶の湯飲みを、居間の卓に差し出しながら悠は訊く。

茅野は小さく笑った。

「いやほんと普通。どこかに就職して、出社して仕事してボーナスもらって残業して、居酒屋で同僚とグダグダやって、将来係長とか課長とかになって、っての。業種はわりと何でもよかった」

「会社に就職したかったってわけ？」

「そう。自営業は嫌だなって。別にどっちがいいとかじゃなくて、俺に向かないと思ったんだ。自分で自分の人生を決めていくのがさ、理由もないのに、なんでそんなスリリングなことしなきゃならないのかって」

「会社員だってそうじゃん。どこの会社に就職するかとか、転職どうしようとか、ほんとにこれでいいのかとか、自分で決めるだろ。流れとかあるかもしれないけど、基本的に」

「でも自営業は毎日そうだろ？　悠は、自分で何でも決める。皿の始末も、買い取りの金額も」

「まあ……、そうだけど」

茅野は熱めのお茶が入った湯飲みを、人差し指と親指で摘《つ》まみ、あち、と言ってそれをすすった。

「あてもないのに、毎日が勝負の生き方がしんどいなって思った。俺に勝負をさせる何かがあるわけでもないし。何のために？　って思う」

「それは他力本願ってやつだろ。誰かに努力をさせてもらうわけ？」

将来の保証もなく、一人で足掻《あが》いて、毎日利益を出さなければならない自営業が怖いから、会社員という電車に乗るという。降りて歩けというなら理由をくれというのだ。

甘ったれというしかない。しかも機嫌良く電車に乗っているならまだしも、茅野は目的地でもない場所で適当に降りてしまった。挙げ句このざまだ。

無責任だと思った。結婚はしていないようだが、自分の人生に対していい加減すぎる。

「うん。自分が特別になる理由がわからない」

茅野は真顔で独り言のように呟いた。

特別、という言い方が少し癇《かん》に障《さわ》ったが、言葉の選び間違いだと悠は思うことにした。

悠だって自分は特別だと思っている。目利きは一朝一夕では身につかないし、そのへんに歩いている適当な人間を呼び止めても、すぐに自分の代わりにカウンターに座れるものではない。物を金に換えたい客や、悠の保管技術に信頼を置く客にとっては、この店も悠自身も、なくてはならない存在だと思う。

「じゃあ、会社員でよかったんじゃん？　働く気はあるんだろ？」

「うん。先々月まで働いてたんだ。普通に」

「それがなんで行き倒れるんだ？　クビになるような失敗でもした？」

《就職をして》～《行き倒れる》の間がまったくわからない。

茅野が選んで、茅野が言うところの普通の会社に就職をした。満足ではなかったのかもしれないが、どの職業にだって不満はある。全てが想像どおりにいかないからといって会社を飛び出してしまうなら、どこの会社でも自営でも、うまくいくわけがない。

茅野は軽く目を伏せたあと、少し暗い声で言った。

「ちょっとした拍子に、実家に俺がゲイってばれたんだけど」

「……」

悠にぽろぽろ漏らすくらいだから、大して必死で隠しているわけでもないようだ。今の口調も、トイレのドアを開けられたくらいの簡単な説明だった。茅野なら、平気でトイレットペーパーがないとか言いそうなくらいの軽さだ。

茅野は初めて苦い顔をした。

「普通じゃないって言われた」

「まあ……そりゃね」

今でこそ、ゲイとかバイとか冗談でも言える風潮だし、仰天するほど珍しくはないが、自分の息子がそうだと言えば、親は《ああそう》とは済ませてくれないだろう。

「そこで本題」

謎の空気を作ったまま茅野は切り出した。

「《俺に普通になってほしいのそうじゃないの？》俺はそこで動けなくなった」

「それは、極論すぎると思うけど、茅野さん」

結論が飛躍しすぎだが、茅野には同じライン上にある矛盾なのだろうか。

茅野は反論した。

「でもすごい基本的なことだろ？　親は《男として生まれたからには自分の在り方を貫いて身を立てろ》って言うんだよ。それに納得できなくて普通に仕事して、ほんのちょっと性的志向が違うだけで、今度は《普通になれ》って怒る。おかしくない？」

「たしかに都合がよすぎるけど、親としては普通じゃないかな」

子どもが、まったく親の理想どおりに生きる確率はどれくらいだろう。

親だから、子どもが道を誤りそうなら口を出す。本当に大きく道を外れる前に、引き止めようと茅野を説得したり、自分たちの育て方を振り返って、不安に思うこともあるかもしれない。それが茅野の納得の行く説得ではなかったのかもしれないが、だからといって《普通にもなれない》と、せっかく選んだ会社員生活を捨ててしまうのは極端すぎると思う。

「もしかして、茅野さんちは莫大な資産家とか？」

息子がゲイで困る理由というなら、実子の跡継ぎができないということくらいだろうか。資産家の跡継ぎ問題は、ヤクザの跡目より揉《も》める。

「ないない。個人の自営業」

「店を継げって言われたとか？」

「いや、それもない。基本的に一代限りの仕事だから」

「設計士とか弁護士とかそういうの？」

手に職系か資格系か。いくら息子が生まれても、本人に資格がなければどうにもならない自営業と言えば、ぱっと思いつくのはそういうものだ。

「まあ、だいたいそんな感じ。俺がやれるかやれないかっていう感じの仕事。がんばる理由が見つからなかったから、普通の会社員になって、それも駄目だって言われたら、俺はどうやって生きたらいいの。普通がいいの、ダメなの」

「大げさだよ」

やっぱり納得ができないと、悠はため息をついた。

特別な男になれという親の希望に沿えず、茅野の中では大した問題ではない同性愛者という《特別》を親に咎められる。

結局自分はどうなればいいのかという、茅野の理不尽はわかったが、悠の中では理解の範囲だ。親が言った《特別》と、茅野の《特別》は種類が違う。身勝手な話だが、親の言い分がわからないでもなかった。世間の常識範囲内で特別になれということだ。

「仕事と性的志向をひとまとめにしようとするからおかしくなるんじゃないの？　茅野さんの親は、そういう意味で言ったんじゃないと思うけど」

「そんなって、どんな」

「親御さんのいう特別と、性的志向はいっしょにできないよ」

平凡を選んだ子どもに少々の出っ張りがあったとして、それを引っ込めろと押しつけるのは親のエゴだ。でも我が子の将来や、世間の中で暮らしやすさへの心配コミで、親とはきっとそんなものだろう。

「でも両方俺のことだよ」

真剣に言い返されて、茅野が言う悩みは、逃げ口上でもなく冗談でもないんだな、と悠は感じた。

ひっくるめるのが難しいが、茅野の中には譲りがたい、茅野という存在の形があるのだ。世間体と内面。ふたつの自分のバランスを取りながら、その場に都合のいい考え方を選択をしていくという方法はない。茅野は一人の茅野として、常に一つの答えを選ばなければならないと茅野は言う。

器用に見えて、案外不器用な人かもしれない。

一度は腹立たしく思った茅野の事情だが、茅野の考え方を知ると、助けてやりたい真面目《まじめ》な悩みのように思えてきた。

悠はお茶を一口飲んで、素直な気持ちを差し出した。

「茅野さんは普通に働くゲイでいいと思う。俺の考えだけど」

特別な常識人か、普通のゲイかなら、普通のゲイの方がひょうひょうとした茅野には合っているると思う。茅野は少し変わっているが、常識や思いやりはあって、社会生活も十分できる。ゲイというだけで困っているなら、茅野の好きな生き方がいい。

「悠は、そういうの偏見ある？」

茅野は湯飲みの水面を見下ろし、悠の様子を窺うような、距離を置いた無表情で訊いた。

「ないと思う」

「男と付き合った経験があるの？」

「ないけど。身近にそういう人がいるから」

悠の数少ない身内と呼べる人間に、同性のカップルがいる。彼らを見るかぎり、彼らの判断が間違いだとは思えないし、その生活を不自然に思うこともない。

「そう。嫌じゃなかったらしてみる？」

少しホッとしたような声で訊かれて、悠は思わず顔を上げて茅野を見た。

「何でそうなるんだよ」

「あ。いや、偏見がないって言うから」

「いや、だからって、それおかしくない？」

「なんで」

「だって……いきなりそんな……」

当然のように提案されて、理不尽なくらい、まっとうなはずの断り文句が出せない。

茅野が自分を見ている。

「ええと」

偏見があるかないかと、茅野と自分が寝るかどうかは別問題だ。偏見はないし、茅野の身体は良いと思うし、嫌いではないし、だから……でも、だからといって――。

「……ま、いっか」

反論を探すのが面倒になってしまって、悠は卓の上に頭を抱えて呻いた。

なし崩しとはこういうことかもしれない。

最近ご無沙汰《ぶさた》だったし、今後の見通しもない。茅野は嫌いではなかったから、痛いことをしないなら別に男でもいいかと、戸惑いが残る頭の中で諦めぎみに考えた。

「一時間……そうだな……」

茅野に押し倒され、自分の部屋の天井を見ながら悠は呟く。

ぎし、と、膝でベッドに乗ってきながら、茅野が困った声で言う。

「悠は何でもお金なのか」

「俺が快楽とか時間とかを買うって決めたんだから、値段を決めるの当たり前でしょ、質屋だから」

耳元の髪を、茅野の節立った長い指に掻き上げられながら、悠は答えた。

この部屋は金庫の左側の壁にあたる。襖に押しつけられた悠のベッドだ。金庫の中に異変があれば、真っ先に音が聞こえる位置にある。

洋室八畳。悠の部屋だけフローリングで、一人掛けのソファと本棚がある以外はクローゼットとタンスがあるだけだ。

「茅野さんだって時給がいいだろ？」

愛だと言われたら戸惑うし、終わりが見えなくなりそうで怖い。

《茅野に借金がある間》

はじめからそう決めておけば、どんな関係を持ったってちゃんと終わりは来る。

悠のベッドはセミダブルだ。普段は気にならないが、茅野が乗ると膝のあたりが窮屈だった。

悠の膝を跨《また》いで膝立ちになっている茅野が、悠を見下ろしている。

茅野は悠のTシャツの腹を捲った。

ここまで来ても悠はまだ戸惑っていた。それでも止める言葉が出ないのは、何でもないことのように淡々と服を脱がせる茅野のペースに巻き込まれているのか、流されているのか。

「気持ちいいことして、一時間幾ら。後腐れなしだ」

一方的に茅野に主導権を握られるのも嫌で、悠は茅野とのあいだに線を引いた。

「俺も気持ちいいと思うんだけど」

「買うって言ったのは俺だから、俺が払うんだよ。悪いと思うなら、せいぜいおまけでも付けといて」

目一杯胸がドキドキしている。緊張しているのを悟られないように、悠はすました顔で言って、服を脱がせる茅野の手に任せた。茅野は困った顔で、まあ、と、呟いた。

上半身を裸にされて、細身のカーゴパンツを脱がされる。目の前で、茅野が前あきのシャツと、アンダー代わりにしている黒いTシャツをまとめて脱いだ。

「……」

茅野の身体を見た途端、しまった、と、悠は思う。

男同士の気楽さで気軽に脱がされてしまったけれど、茅野の胸の幅の広さに悠は息を呑む。

服を着ているとスレンダーに見える茅野は、けっこう胸幅がある。筋肉があるというほどではないが、適度な厚みがある男っぽい胸元だ。それに比べれば、悠はどちらかと言えば華奢で、間違っても他人に見せびらかすほど逞しくはない。やばい、と、急に恥ずかしくなった。比べられると気まずい。茅野にさんざん偉そうな口を利いてきたからなおさらだ。

「悠。いけそう？」

逃げたいような嫌な顔をしてしまったのを見た茅野が、労《いたわ》るような声を出す。動物を宥《なだ》めるように、茅野にずっと脇腹を撫でられて、いいとも駄目とも言いにくい。

あまりじろじろ眺められることもなく、コンプレックスを感じそうな硬い胸元を悠の胸に重ねてくるのにほっとしながら、「まあ、嫌じゃない」と答えた。

「――……」

茅野の肌の熱さに、悠は思わずため息をついた。変な感じだったが嫌悪は湧かなかった。

焼けた鉄を薄い皮膚で包んだような茅野の胸は重く、強い弾力がある。

胸の内から殴りつけているように、バクバク震える心臓に気づかれてしまうと思ったが、茅野の鼓動も同じだった。

素肌を重ねられると、じわりと頭に血が上る。勃《た》っていいものかどうか悠の身体も戸惑っていて、結果、控えめ気味の中途半端な膨らみ具合になっていた。

挿《い》れないという約束だった。たかが、男と自慰の延長のような行為をするだけなのに、バカみたいに緊張しすぎだ。

茅野に手のひらで、胸の横から脇腹を愛撫されながら、落ち着かなければと悠は思った。せっかく金を出して気持ちがいいことをするのだ。たかが出すだけ。珍しいシチュエーションを楽しまなければ損だ。

「……」

耳朶《みみたぶ》を唇で押しのけるようにして、茅野が耳の裏にキスをする。耳元で聞こえる吐息は、うわずる呼吸を無理やり抑えつけているような音だった。

茅野が興奮している。

近藤に蹴りを向けた茅野のひやりとした怖さと、首筋に触れる抑えきれない呼吸の落差が、悠の中の欲情のスイッチに触れた。

茅野の高ぶりに共鳴する。指の長い茅野の手に、腕を強く摑まれるのも、女性相手ではできない体験だ。

悠の首筋にキスを埋《うず》めながら、目を閉じている茅野の横顔が見えた。目許にかかる黒髪が野性的でどきりとした。無表情に近い真面目な顔だ。

茅野がときどき長く目を閉じる。重ねる身体と手のひらで、一心に悠の身体を感じようとしている様子に、うっかりこっちまで切なくなってくる。

「悠」

髪に鼻先を埋め、首筋に唇を押し当てられる。震える指の置き場がなくて、悠は眉を顰めながらおそるおそる、茅野の腰を撫でてみた。

茅野の肌が、びく、と震えるのがわかった。茅野の腰にぐっと力がこもり、まだジーンズを穿《は》いている股間が、トランクスの悠の腰に押しつけられる。

「……やばくない？　茅野さん」

前を開けたジーンズからはみ出る塊に、悠は怯《おび》える声を出した。挿れないと約束したけれど、茅野の理性が切れれば約束は簡単に破られてしまいそうだ。

硬い茅野の性器が、半勃ちの悠の股間に捏《こ》ねるように押しつけられる。布越しに熱気を感じてしまうくらいの熱さだった。

茅野は苦しそうな声で応える。少しうつろな目が怖い。

「十分ヤバイでしょ。こんな風になってるのに」

見せつけるように、ぐりっと押しつけられて、悠は反射的に逃げだそうとした。他人のものだからなのかもしれないが、ものすごく大きくて硬すぎる気がする。

「わ！」

起こそうとした左肩を、獣のように真上から押さえ込まれた。茅野の左手は、悠の右足首を握っている。開かされそうになって、悠は慌てて、茅野の胸を突き押しながら抗議をした。

「茅野さん」

「じっとして。任せて。悠は、やったことないんだろ？」

「だからといって今やられる気もねえよ！　約束が違うだろ！」

「だから黙ってって！」

怒鳴り声を塞《ふさ》ぐように、茅野が唸った。

「ちょっと……、興奮しすぎて、頭ん中真っ赤になりそうだけど。任せて。最後までやんないから」

是非もなく言い聞かされて、悠はそっと息を呑む。

茅野のギリギリ具合が怖かった。大人しい人間って、こういうふうにキレれるんだなと感心している場合でもないが、切れる寸前の弦のような、茅野の理性に賭《か》けるしかなかった。

茅野は、静かに悠のトランクスを脱がせた。

あらかじめ持ち込んだバスタオルを、悠の腰の下に敷かせる。興奮しすぎて震える茅野の手が、オリーブオイルに伸びたときは、殺人犯が包丁を振りかざすのを見ている心地だった。

茅野がオリーブオイルを手に零すと、独特の香りが立った。茅野は手をすりあわせ、とっくに下着から跳ね出した自分の性器にまぶした。

「茅野さん」

「痛くはしないと思うけど、嫌だったら言って」

「冷た……！」

性器に直接オリーブオイルを垂らされて、悠は小さな声を上げた。冷たさに、びくりと力を込めた内腿《うちもも》に、茅野が手をかける。中途半端な硬さの悠の性器にオリーブオイルをまぶし、オイルで濡れた手で悠の内腿を撫でる。

「待って、無理って！」

膝を閉じさせられ、持ち上げられて悠は半分悲鳴のような声を出した。弱い場所が茅野の目にさらされている。突っ込まれた終わりだと、組み敷かれたまま悠はばたばたと手を動かした。

ずり上がろうとしても無駄だ。肩を押し返そうにも、ようやく指先で触《さわ》れるくらいの距離で、茅野を拒む力にならない。

「茅野さん！」

股のあいだ、陰嚢の裏あたりを茅野自身で捏ねるようにされて悲鳴を上げる。悠の性器の付け根から、柔らかい袋にこすりつけてその下——。

粘液が滲んでいるのがわかる茅野の先端で、会陰のラインをぬりぬりと音を立ててなぞっている。長い茅野の茎の裏側が、ときおりいちばん奥まる場所を擦った。それ以上下がったら本当にダメだ。

「か——！」

「動かないで。間違えたら困るのは悠だろ？」

悲鳴を上げそうなことを、本当に困った声で茅野が言ったあと、身体の中にぬる、と何かが挟まれる感触がした。

「え」

まさかそんなに簡単に入るものなのかと息を呑んだが、茅野が二度目に動いたとき、それが腿の間に差し込まれているのだと悠は気づいた。陰嚢を押しわけるようにして太腿に挟み込まされている。茅野が動くと茅野と擦れて、悠にも奇妙な快感が広がった。

「……痩せてる。悠」

何度か抜き差ししたあと、茅野が独り言のように呟いた。

腿の肉が足りなくて、圧迫が弱いらしい。

「脚組んで。こっちが上」

左膝に右膝を重ねるようにして組むと、途端に茅野の存在感が脚のあいだに硬く浮き出た。茅野は、悠のあげさせた両足を肩に乗せさせ、腰を左に軽く捻らせる姿勢を取らせた。腿を茅野の腕で縛るように強く抱き込んでくる。悠の腿に強く締めつけられた茅野が動くのがわかる。

「痛くないだろ?」

オイルの音をさせながら何度か擦って、確かめるように茅野は訊いてきた。

「あ、うん……」

戸惑いながら悠は答える。腿に挟んでいるだけだ。茅野の硬さと熱さは怖いくらいだが、痛くも何ともない。

「触っていい？」

こんな体勢になっておきながら今さらなことを茅野は訊いた。うん、と答えるしかない。

「あ、ふ……！」

驚いて柔らかくなった性器を扱《しご》かれると、びくっと身体が大きく跳ねた。し慣れたことだが他人の手の感触は違う。速さも動かしかたも、先端の弄りかたも。

巻き付くような茅野の指が長い。オイルの感触はさらさらと滑って熱を上げるばかりだった。茅野は手のひらにまたオイルを零し、悠の腿を開かせる。

「茅野さん……！」

まだ立ち上がりきれない欲情の、先端の皮を引き下げ、茅野のものと一緒に握ってこする。

茅野はまた、悠の内股《また》に茅野を挟ませ、纏めて抱えた悠の足首を左肩に乗せさせて腰を揺すった。

「ごめん、……茅野さん、今日、俺、ダメかも」

茅野の長い指が悠の中心を扱き立てる。腿の間を出入りし、悠の性器を裏側から突く茅野の肉の感触に困惑する。

まったく未知の感触だったが、限りなく性交の感触に近い気がした。擦る単純な快楽というより、粘膜で触れあって得る独特の感触に、原始的な欲情を覚える。

茅野が転がり込んできたバタバタで、今週していなかったことを悠は思いだした。茅野の手が、知らない感触で自分を擦りたてることも、茅野の興奮した呼吸を間近で聞いて、興奮がうつってしまいそうなことも、全部差し引いても絶頂は恥ずかしいくらいすぐ目の前だ。

「いいよ。でも、俺も出させて」

「うん……」

要は手の込んだ擦りあいっこでセックスではないのだから、どっちが先にイったって、どのくらい差があったって関係がない。

「あ——……」

こんなに簡単に、先にイってしまうのはかっこわるいな、と思いながら、意識を端から白く染めてくる快楽に、悠が身を捩りながら、背中をシーツから浮き上がらせたときだった。

「え」

茅野の指先が、急に身体のいちばん奥深い場所に触れる。

「や。だ。……そこ、嫌……！」

指の腹で表面を撫でられると、背筋がゾッとした。本能が訴えてくる。そこは触れてはならない場所だと悠を怯えさせる。

「やだ。……嫌だ、茅野さん……！」

撫でていた指が、今度は押し込む動きで襞《ひだ》を揉みはじめた。指先が入り口にそっとかかって、悠は、ひっと音を立てて息を呑んだ。

オリーブオイルを塗り込めるようにして静かに中に入ってくる。

「茅野さん、そこは嫌だ」

「大丈夫。痛くしないから」

「でも」

茅野が、悠の鼠径《そけい》に溜《た》まったオイルを指先に掬《すく》いなおして、噤んだ場所にまた差し込むのがわかった。

「あ……！」

さっきより少し深く入る。閉じた粘膜の壁を指が開いてゆくのがわかった。

知らない感触だ。気持ちが悪い。本当に身体の中に指が入っているのがわかる生々しい感触がある。

「ん……。や、だ」

違和感を咥《くわ》えさせられたまま前は扱かれている。オイルに先走りの粘液が混じっていやらしい音がする。

「悠の、どこ？」

絶頂間際の性器を、オイルを纏った親指でいじめながら茅野が耳元で囁いた。

「は。う……あ！」

きつく輪にした指に、悠の欲情を激しくくぐらせ、先端の溝を指先で抉《えぐ》るように擦られると、当たり前の射精の衝動が下腹で弾《はじ》けそうになる。

後ろにゆっくりと指が抜き差しされる。痛みはなく、異物感だけを纏って茅野が身体の中を撫でているのがわかって、悠は訳もわからずかぶりを振った。

知らない気持ちの悪さと、快楽が脚の付け根でごっちゃになった。粘膜と指の間をオイルが満たす音がする。混乱する倒錯と快楽に理性が呑まれそうになる。茅野の指がつぷつぷと出入りする。ぐるりと奥を撫で、細かく中を押し込んでいる。

何を探しているのだろう。そう思ったときだ。

「あ……！　あ。ん……ッ！」

性器の付け根を裏側から撫でられたような電流が走って、悠は声を上げた。茅野の指がそこを通るたびビリビリと耐えがたい刺激が走る。

ぞわぞわと腰のあたりがさざめくのがわかった。異物感が痺《しび》れに変わって膨らんでゆく。深い場所から湧き上がるような感覚。それはたしかに快楽だった。

「茅野、さ……っ……！」

その場所を、一度見つけた茅野は指を外さない。なにか目印があるように、そこばかりを撫で、曲げた指でぐりぐりと揉む。前は容赦なく扱かれていて、茅野の指の間に溜まるオイルが滲んできたもので濁ってくるのが恥ずかしかった。

「悠。気持ちいい？　ここ。膨らんでる」

「あ。……イ。……っ、い。茅……っ、あ」

耳元で囁かれ、悠は汗ばんだ茅野の首筋に手を伸ばしながら頷いた。

茅野の指が出入りしている場所には、微かだがうねるような快楽があって、下腹でもみくちゃに扱かれている悠の雄には、あっけないくらい素直な快感しかなかった。

「う、ア！　や、あ。あ……！　茅野……さ、……ぁ！」

指が二本重ねて押し込まれたときも、圧迫が増しただけで快楽は減らない。

「や、だ。こんな、の……！」

柔らかい内腿を茅野に擦られ、はじめての場所に茅野の指を深々と咥え、茅野の長い指に言い訳できないくらい硬く張り詰めた欲情を擦られながら、悠は、高い高い快楽の頂点で、白い飛沫《しぶき》を放った。


「……何か屈辱」

ベッドに腹ばいで悠は呟いた。

茅野はすでに着替えていて、バスタオルの始末をしたり、悠にお湯で絞ったタオルを持ってきたりしている。

「よくなかった？」

二回も出したくせに、と、言いたそうにティッシュを集めていた茅野が訊いた。悠は応えず、腕に乗せた顔を上げて、反対をむき直してボヤいた。

「……股擦られて、穴に指入れられて出すなんて」

「けっこうイけそうだったのに、あそこは初めて？」

からかうように茅野が言う。「初めてだよ」と悠は不機嫌に言い返した。

終わってから思い出した。前立腺というやつだ。

噂は聞いていたが、あれほどだとは思わなかった。それとも茅野が上手《うま》いのだろうか。

初めてなのに指を二本も咥えて、二回も出した。二回目は揉まれるだけではなく、セックスのように指で後ろを擦られながらイった。

別に、と強がって見せたところで、あれだけ悦《よ》がって茅野にしがみついたのだから格好もつかない。

「……」

ベッドの中にオリーブオイルの香りが籠もっている。腰が勝手に、さっきの快楽を思い出してぞくぞくと震えた。

驚いたり戸惑ったりしたが、嫌ではなかった。茅野の長い指は、熱っぽくて野性的なのに、怖いくらい繊細だ。

　慣れたらどうだろう。溺《おぼ》れるように快楽に呑まれてしまったのが少し惜しいくらいだった。もっと味わえばよかった。

「まあ。もしかしてちょっといいかもと、思っ……」

　寝返りを打ち、そう言いかけて、悠はジーンズにしまわれた茅野の股間に目を止めた。

　最後は蕩《とろ》けそうなくらい夢中にさせられて、最後までいってもいいのかも、なんて、なんとなく思ったが、やっぱり改めて見ると無理だ。何度か握らされた茅野の股間は、握り慣れたものより太くて長い気がした。

　茅野との行為には満足したし、これまでにないほど快楽を得たのは認めるが、茅野を挿れるのは無理だと本能的な何かが言う。流されなくてよかった。

「気持ちよさそうに見えたよ？」

　ぎし、と、音を立ててベッドの縁に腰かけた茅野が、悠の乱れた髪に指を通しに来る。

　柔らかくいたぶる茅野に、悠は不機嫌なため息をついて見せた。恋人のように頬にキスをされた。くすぐったい温かさがなんだか決まりが悪い。

「まあね。五万円、……ってとこかな」

　あの快楽に値段を付けるとしたら、とゆるゆると天井を見ながら呟いたら、茅野がくすくすと笑った。

「悠。風俗に行ったことないだろ」

茅野はすごく年下を見るような顔で言って、悠の髪を撫でた。

「うるさいな。いく必要がないの」

「彼女は？」

「今はいない。昔のことはノーコメント」

「十分」と笑って、茅野はひどくゆっくりとした手つきで悠の髪を撫で続ける。

そして、ふと零れるような声で茅野が訊いた。

「金を返したら、悠は俺のことも忘れる？」

「……」

忘れるか、忘れないかと問われれば、たぶん忘れないだろう。

行き倒れなどしょっちゅう見られるものではないし、こんなことをされたら忘れようがない。

だが悠は空々しいくらいの冷たさで答えた。

「当たり前だ。質屋だからね。出質《でびち》した品には興味がないよ」

忘れようと忘れまいと、そう答えるのが質屋の在り方だった。

部屋を出て、シャワーを浴びて、茶を淹《い》れ直した。

腰のあたりが妙にだるいのに困った気分になりながら、台所で冷蔵庫を開け、夕飯のことを考える。

スーパーはすぐそこだから、普段から買い溜めはしない。いくら茅野がありあわせで食事を作るのが得意だとしても、ハムと一かけのチーズだけでは物量的に無理だ。

部屋を出たあと茅野は、わざわざさっきのセックスもどきについて《金はいらない》と言った。悠は遠慮なく頷くことにした。

茅野は一度だったが、悠の内腿と下腹にたっぷりの白濁を出した。おあいこというには悠のほうが得をした気がするが、《侵入料》で相殺だ。

夕飯の支度をすると言ってくれたのにも甘えることにした。一人暮らしだと、どうしても作り慣れた手抜きのものしか食べなくなる。それを考えたら茅野の手料理は、妙に貴重に思えるのだった。

「——……」

冷蔵庫を閉めると、茅野が向こうがわに立っていた。それに悠は軽く肩を竦めてみせる。

「ハムとチーズしかない。適当に買い出しにいって夕飯作ってもらいたいんだけど」

悠が訊くと、茅野は頷いたのかどうか曖昧なくらいに目を伏せた。

「……明日もここにいていい？」

残金が幾らかと、茅野は一度も尋ねたことがない。査定が結局幾らになったのかもうやむやなままだ。

早く清算をして、茅野の労働が借金に到達すれば、きっちり時間単位でロケットを突っ返して追い出してやりたいと思うものの、決心しようとするたびあんなことが起こる。

「まあ、借金が消えない間はね」

茅野の値段を計りかねている。どこまで金に換えられるかがわからなくなっている。

茅野が働かない理由を訊いても、まだどこか信じられない。

茅野は働ける。人とつきあえる。——茅野の本当の気持ちが知りたいと思ってしまった。

「家事も半分、任せていいかな。外出とかは自由だから」

茅野を早く追い出してやりたい気持ちと、ずっとこのままここにいてもいいと思う気持ちがない交ぜに濁って、査定のラインをまた掻き消した。

不甲斐《ふがい》ない、と自分の甘さを苦く思うとき、茅野があからさまにほっとした顔をした。好かれているのがわかってしまって戸惑うが、もう引き下がれない。

「俺の部屋と、手前の部屋は勝手に入らないで。職がすぐ見つかりそうにないのなら、客間を出て、廊下の一番奥の西側の部屋に移動してくれる？」

「あの、悠」

何かを言いたそうな茅野の声を遮って悠は続けた。

「時給は今までどおり、明細は今月の店の締めが終わってからでいいかな。まだぜんぜん完済に届きそうにないし」

茅野が欲しい答えを知っていて、悠がそう答えたのは、もしかしたら自分も茅野のことが好きかもしれないと思ったときの予防線だ。

もしも自分が茅野のことを好きになってしまったら、今すぐ茅野を追い出さなければならない。戯《たわむ》れにでも利息を取って遊んでいる間はいいが、もしも、本当に茅野のことが好きになってしまったら。

自分が質屋を続けるために、茅野は絶対に追い出さなければならないと、悠は心の中で自分の値段を確認した。


「夕ご飯、何にしようか、茅野さん」

質屋の勘は正しかったと喜べばいいのか悲しむべきか。

流出期限が過ぎてもやはり請け出しに来なかった宝石類を、カウンター正面の新入り専用、小さな宝飾棚に飾りながら、悠は茅野に訊いた。

カウンターの前に商談用のソファがある。その背面を飾るガラス棚だ。売れっ気がない新入りが入る棚で、カルティエやブルガリ、ティファニーは質流れが決まり次第、入り口付近にある、上から見るタイプのショーケースに入る。

貴金属屋が引き取った余りの品で、悠の手元に残ったのは、エメラルドのプチネックレスと古いデザインの真珠の指輪だ。買い手がつく見込みはなかったが、可能性はゼロではない。銀のスプーンや結婚指輪は引き取られていった。今頃は窯《かま》で溶けて、そのうち新品の顔をして誰かの身を飾るのだろう。

貴金属に罪はないよな、と思いながら棚のガラスの引き戸を閉め、スライドロックの鍵を掛ける。

振り返るのを見計らったように、ふっと腰を抱かれて、隣の壁際に攫《さら》われた。

「茅野さん……」

茅野の腕の中に囚《とら》われている自分に気づいて、悠は目を瞠《みは》って茅野を見上げた。

目の前に、切なそうな表情の茅野の顔があった。蛍光灯から庇うように茅野の背中が作る陰は、欲情独特の湿った温度に満ちていて得体の知れない不安を覚える。

何か言おうと唇を開くと同時に、茅野が軽く目を伏せた。キスをする角度だ。茅野の吐息のにおいが甘くて、思わず釣られて目を閉じそうになるが、悠は軽く息を止めてそれを堪えた。

「……」

茅野にはまりたくない。

肌から滲みそうな考えを悟られたのか、茅野は俯く悠の額を、自分の額で押すようにして、少し強引に唇を合わせてこようとした。

「茅野さん……！」

嫌だ、と俯く首に力を込めて、茅野の胸板を手で押した。

駄目なのかと、茅野が悲しい視線で問いかけてくる。

茅野とあんなことをしておいて、今さらキスくらい勿体《もったい》ぶるつもりもなかったが、心か理性かわからない部分が悠に言うのだ。茅野とこれ以上関係を持ちたくない、と。

あと幾らだろう。あと何日こんなふうに距離を作ればいいのだろう。

少し不安になりながら、今さら喧嘩をするのも嫌で、悠はごまかすように気取った笑いを浮かべて茅野から視線を逸らした。

ちゃり、と音を立てて鍵束を手に握りなおす。

「何か勘違いしてない？　茅野さん。こないだはたまたま、そういう気分だったけどさ。男だからあるよね？　ノリっていうかそういうの。気持ちよかったけど、別に茅野さんと付き合おうって気もないし」

茅野が嫌いで拒むのではないとわかってくれればいいと思った。このあいだは性欲処理、今は日常生活だ。特別な関係でもないから愛情のキスは必要がない。

茅野の腕を静かに押しやり、ゆるやかな腕の拘束から逃れた悠は、茶化すように軽く茅野を振り返りながら言った。

「キスしたいなら、お金払ってもらおうかな」

《幾ら？》と冗談めかして訊かれることを期待して叩いた軽口だった。自虐の気持ちも少しあった。

「……」

茅野が不安そうに佇んでいる。

不意に生まれた沈黙が胸を刺した。

「ごめん、……なんか」

茅野の性的志向をからかったように聞こえたのか、茅野に金がないことを蔑《さげす》んだように聞こえただろうか。

どちらにせよ茅野を傷つけたのがわかった。迂闊《うかつ》な軽口の返《かえ》し刃《ば》で悠も痛みを感じたのだが、それは自業自得だった。

† † †

暇さえあれば茅野のことを考えている。

「……」

悠はどこまで置いたかわからなくなった電卓のクリアキーを押して、帳面の上に投げ出した。

《瑠璃や》の帳簿は未《いま》だに手書きだ。

取引件数も少ないし、長期の預け入れは、毎月一括で定期の金額が計上される。面倒くさい日割りの戻し金だけパソコンで計算して、合計金額を計上する。

長く慣れ親しんできたことだ。苦にはならないし、質札はそれ自体が店の伝統を証明し、価値を持つ品物になる。質屋だけが持てる目に見える店の信用だ。

一部を除き、質入れした品物の大多数は請《ま》け出《み》されるか質流れになるかで、品物が質屋に長く留《とど》まることはない。二度と同じ品物と見えることもなかったが、質札があるかぎりその品物がここに存在した証になる。

直筆の署名、日付、品物の由縁を聞き取った書きつけ。金庫のお宝の質札は、それだけで歴史的財産にもなるし、品物に箔《はく》を付けるタグにもなる。質屋として、帳簿は店が続く限り、店の歴史として残してゆかなければならない。

――茅野のことは、どうやって計算しよう。

つらつらと考えながら初日の金額を置いてゆく。クリーニング代掃除代布団代初日の食事が五百円、ロケットの査定が千四百一円、金利を除いて千百円のマイナスで、時給六百七十六円×八時間の七日。一日千円の生活費をマイナス。そこまでは計算できる。

近藤が来たのが分からなくなったきっかけだ。用心棒代だと考えればいいのだろうか。そういう記録が昔の帳簿のどこかに残っていないか。

あれから茅野と寝ていない。

何度か茅野に誘われたが、眠たいとか疲れていると言って断った。

シーツは洗ったし、よく掃除もしたつもりだが、何かの拍子にオリーブオイルのにおいがした。媚薬《びやく》じみて香るオリーブのにおいにくすぐられ、あの日の快楽を思い出しながら一人で慰めてみたけれど、案の定、茅野に与えられた快楽とは比べものにならず、だから余計に一人で満足できなくなるのが怖くて、茅野の誘いに乗るのはやめた。

シェアハウス暮らしをしていたという茅野は、想像どおり掃除も上手かった。悠が掃除をすれば茅野が洗濯をする。茅野が熱心に店を掃除してくれる日は、そしらぬ顔でいつもより少し手の込んだ料理を作ってみせた。いつもこの程度の調理はしているのだと見栄を張った。

茅野は他人との距離をうまく心得ていて、たぶんこのまま茅野と暮らしても上手くいくんだろうな、と思った。

手が届きそうに、平凡でリアルな想像に浸っていた悠は、我に返って片手で額を抱える。

このまま茅野と暮らす——？

「いや……それは」

従業員を雇う必要がない店だ。そこに働かない茅野を迎えれば、いかにも快楽目当てに茅野をヒモにしたようだ。

茅野が就職をすれば問題ないのか。

茅野が再び会社員になることに悠は反対しない。茅野が決めた仕事なら、それが立派な職業だ。質屋のヒモよりはずっといい。

それともほんとうにトイチの金利をかけて、茅野をここから出られなくしてしまえばいいのだろうか。

「……」

そうまで考えて、悠は、だめだ、と一つもボタンを押せなくなった電卓をもう一度放り出した。

茅野とはやはりさよならだ。

はじめから出ていた結論だったと、予想どおりの結果に悠は満足する。どれほど明るい未来を画《か》いても、茅野がもしも自分の運命の相手でも、この恋の結末は決まっている。

夢とはこういうことなのだろう。現実にならないから夢は夢なのだ。必ず醒めるから溺れていられる。

短い間だったが楽しかった。

ため息の音に、ちり、と鈴の音が混じって悠は顔を上げた。

引き戸の陰で、んー……。と口も開けない小さな声で鳴いているトイチだ。

目が合うと、トイチはゆっくり腰を上げ、とろとろとマイペースな足取りで寄ってくる。

「おいで、トイチ」

手を伸ばせば膝に滑りこんでくるトイチの、艶《つや》のいい三毛の毛並みを撫でながら、悠は虚ろに笑った。

「お前がいるから大丈夫」

トイチは唯一の自分の仲間だ。

とはいえ、十日で一割の金利を毟《むし》り取るトイチのほうがずっと上等だと苦笑いをしながら、悠は、ごろごろと喉を鳴らし、胡座の上に収まるトイチの丸い背中を撫でる。

自分はいくら高い金利を付けたところで請け出せる人もいない――。

悠は短い吐息で、沈みそうになる気分を振り払った。

茅野に惚《ほ》れなくたって、今に始まった身の上ではない。悲観するのは疲れるだけだ。

変わらない質屋の毎日。珍しいできごとを喜ぶほうが、きっと心のためにもいい。

「二人でやっていこうな」

手を離したら横に倒れそうなほど、頭を押しつけてくるトイチの耳元を笑って撫でていると、からからから、と、玄関先で木戸が鳴った。居室の奥で扉と連動したチャイムが鳴っている。

ああ、そろそろ五日が近いな、と思いながら悠は玄関の方を見る。案の定、痩せた小柄な老女が、風呂敷を抱えて戸を閉めているところだった。

「いらっしゃいませ」

悠が迎えると、老女は丁寧な手つきで風呂敷をカウンターに置いた。

「よろしくお願いします」

「いつもの通りでいいですか」

「ええ、そうしてください」

質札の用紙を差し出しながら、品の良い口調の老女とやりとりをする。

小ぎれいな人で、総白髪の髪はウェーブに整えられている。色白で口紅がいつでも赤い。五十年前はさぞかし美女だったのだろうなと思う鼻筋だ。

風呂敷を開き、中味を確かめる。新しい染みや破れがないことを確かめ、悠は着物が入った風呂敷包みを、カウンターから引き出した、衣装盆と呼ばれる呉服用のトレーの上に置いた。

老女が慣れた様子で署名だけをして質札を差し出す。悠は両手でそれを受け取る。

「いつも有難うございます。お天気の悪い日は無理をなさらずに」

悠はそう言って、複写になった質札の控えと共に、一万円札二枚をトレーに乗せて差し出した。

「ええ、ありがとう。いつもお世話様ね」

「いいえ、毎度ありがとうございます」

婦人が現金と質札を、使い込んだ革のバッグに収めるのを待って、悠は丁寧に頭を下げた。

婦人はワンピースの小柄な背中を見せながら店を出ていく。

ぼんやりと見送っていると、後ろから声を掛けられた。チャイムが鳴ったから覗きに来たらしい、腕にトイチを抱えた茅野だった。

「お客さん？」

「そうおなじみさん」

「ようやく普通のお客さんを見たよ」

と茅野は笑った。そして茅野は、悠の隣に畳紙《たとうがみ》を開いたまま置いている、衣装盆の上を見た。

「これで二万円？」

「……茅野さん、着物がわかるの？」

安すぎると言いたげに、訝しい顔をする茅野を悠は見つめ返した。

茅野は少し居心地悪そうな顔をした。

「いや、着物のことはわからないけど、こんな生地なのに、二万円なのかと思って……」

「……？」

着物というより、茅野は素材を見ているようだった。もしや着物に詳しいのかと思うが、着物に詳しい人間は反物と言う。生地とは呼ばない。

「購入したときは当時で四百万からした着物だろうね。最高級の宮古上布《みやこじょうふ》だ。二十算百六十亀甲で柄もいい。しかもこれは『貴婦人画報』の特集号に載った品だ。うちに置いてあるよ。三十年以上前のが」

「この糸は」

「糸？」

茅野がこの着物のどこを見ているかはわからなかったが、着物の糸のことについて話せる機会も、話せるような上物も滅多に来ない。

「宮古・八重山の手績《てう》み苧麻《ちょま》糸《いと》。重要無形文化財《宮古上布》を作るのに欠かせない糸だ。宮古上布の紛《まが》い物は多いけど、織りは真似《まね》できても糸は真似られない。高齢化で糸を績《う》む人そのものがいなくなってきてるから、ひどく貴重になってきてる」

「そんなものなのに二万円？」

納得がいかないような声を出す茅野を怪訝に思いながら、悠は査定の根拠となる説明を乗せた。

「ああ。どれほど高級な呉服でも、一度袖を通せば古着だ。呉服は骨董品の中でも元々の価格より、買い取り値が大きく下がるものの一つだけど、これは別だ。とにかく反物がいい。制作者もわかるし証紙《タグ》も全部残ってる。そろそろ古着の域を出るだろう。手入れがよくて、染みらしい染みもない。こんな立派な宮古上布はこのあとたぶん出ない。文化財的価値が出てくる。——でも二万円」

「どうして」

「あと十日で年金が出るから」

「え」

「あのご婦人は、これにそんな価値があるとは知らないままだし、二万円しか貸す必要がないんだ」

この品にどれほどの価値があっても、必要な金額しか出さないのも質屋の良心だ。

「年金暮らしだ。高く預かりすぎると返せなくなる。これは亡くなった旦那のプレゼントなんだよ。年金が出たら必ず請け出しにくる。そのくらいでいいんだ。《他の店には持ってくな》って言ってあるけどね」

と悠は苦笑いをしてみせた。

年金前にほんの少し、足りないお小遣いを借りにくる。ローンカードは持たず、息子に言

うより質屋のほうがいいらしい。もう何年になるだろう。

「損しないの？　あの人も、悠も」

「損にはならないよ。金利もちゃんと二万円分もらってる。十五日の朝に、真っ先に請け出しにくるのがわかってるし、預かるたび、毎度コンディションを整えてたら愛着も湧くしね」

宮古上布の手ざわりはこの着物で覚えた。美しく畳みかえ、樟脳《しょうのう》が減っていたらそっと足してやる。折れがないかチェックし、あの金庫で湿度を調整してやって、十五日が来たら素知らぬふりで婦人に返す。金利と言うよりほとんどメンテナンス代だ。あの着物が今のコンディションを保っていられるのは悠のおかげだと、あの婦人は知らない。

「どうしたの、茅野さん」

茅野が少し目を潤ませているのがわかった。

着物に何かあるのか、それとも夫婦愛に感動でもしたか。

いや、と、茅野は言って、我に返ったような疎遠な表情で俯く。

何となく違和感を覚えたが、問い詰めるほどでもなく、悠は衣装盆を引き寄せる。樟脳が香る、古い染みが広がった畳紙を丁寧に風呂敷に包み直した。

「またたった十日のお付き合いだ。羨ましいよね。お迎えがくるの」

茅野が戸惑う様子を見せるから、悠まで少し寂しくなりながらそんなことを言った。

†　†　†

不審。不思議？　不穏――？

茅野《かやの》にそんなものが纏《まと》わりつきはじめたのは、着物の件がきっかけだったと思う。

間違いない。茅野は目利《めき》きだ。

少なくとも、着物と日本画、油絵がわかる。

陶器はぜんぜん駄目のようだ。煙管《キセル》や彫金、蒔絵《まきえ》や他の小物もわからない。

婦人から預かった着物を仕舞うついでに、茅野に着物を見せた。

茅野に説明した通り、着物は、袖《そで》を通せば、どれほど高価でも古着になって、文化財的価値を生み出すようになる品物は本当に稀《まれ》だ。着物の質入れは、着物の価値の割りには安くしか金を出さないから請け出しやすい。着物は昔から、質屋でポピュラーな質草で、瑠璃《るり》やにも預かりの着物はたくさんあった。

素知らぬふりで、瑠璃やの預かりものを茅野に見せると、茅野は全体を軽く捲《まく》り、高い順番にじっくりと眺めなおした。順番は完璧だった。油絵もそうだ。うちにある限り、全て最高の保管をするのだから、特殊な一部を除き、値打ちで保管方法を分け隔てしない。ばらばらの順番で保管された絵を、やはり高い順番で見た。日本画もそうだ。良い品ほど長く見ている。焼き物は、割った皿の値段が幾らかわからなかった。

そんなことを考えると、茅野を疑ってしまう。あんなところに倒れていたのは何か思惑があるのではないか。無職と言って平日に倒れていたのも不自然な気がする。

瑠璃やの中を覗《のぞ》きに来たのか、質入れ品の関係者か——金庫を狙《ねら》った泥棒と考えるのが妥当ではないか——。

考えてもわからない。茅野の持ちものは全部改めた。金融業が持つ信用照会にも引っかからない。

悠《ゆう》は、カウンターの上で、ふう、とため息をついて、金庫からこっそり取りだしておいた茅野のロケットを鑑定トレーの上で眺めた。

直径五センチ。純銀の蓋《ふた》にステンレスの本体。ステンレスの鎖の先には、ベルトに引っかけられる金具がついている。そのへんの百貨店で普通に売っているような品物だ。

初見のとおり、懐中時計を改造したものだった。元々は中に時計が嵌《は》められていたものを外し、枠だけを残して中味を入れ替えている。

悠は業務用の大きなジュエリークロス越しに、ロケットのボタンを押して蓋を開けた。

「……」

これはなんだろう。

粒のビーズを詰めたような鮮やかな色彩、傾ければ明るくも暗くもなる不思議な反射面をしている。何らかの繊維だろうか。ルーペで延々と眺めてみたが、触って傷める類《たぐい》のものではなさそうだった。

人差し指でそっと触れてみる。

しっとりと滑らかで、縦横の目があるのがわかった。苔《こけ》に似た感触だ。ガチガチに固まっておらず弾力がある。指には何もつかない。

動物の皮だろうか。ひとつひとつは沈んだ色なのに、浮き出る色は鮮やかだ。赤だけを見ると印泥《いんでい》の箭鏃《せんぞく》色のような気もするし、繊維を乾性油や仮漆で練ったもののような感じもする。そのくらい肌理《きめ》が細かい。チップの入った特殊な油絵の具だろうか。でもテレピンのにおいがしない。

もう一度茅野に尋ねようかと思ったが、目利きを自称するのに、これが何だかまったく見当がつかないと白状するのは、なんだかプライドが痛むようだった。それに茅野はたぶん祖母の遺品としか答えないだろう。

家の奥の方から呑気《のんき》な掃除機の音が聞こえている。

「……」

悠は、銀のロケットを大切に布にくるんで、巾着《きんちゃく》に入れた。

持ってきていた上着を着て、巾着をポケットに収める。店に避難してきているトイチの頭をひと撫《な》でして、悠は奥に向かって大きな声を出した。

「茅野さん！　ちょっと俺、出かけてくるから！」

掃除機の音が止《や》んだ。奥から茅野が出てくる。

悠は框《かまち》のところから茅野を振り返った。

「ちょっと、三十分くらい出かけてくるから店番してて。お客が来たら俺の携帯鳴らして、すぐに帰るからって言って、待っててもらって」

「どこに」

「ちょっと仕事でお付き合いのある店に。そんなに遠くじゃないから」

「そう。気をつけて」

「留守番よろしく」

と言って、悠は框の端から店に下り、外出用のバスケットシューズを履いた。

頷《うなず》く茅野に見送られ、悠は店を出た。やはり茅野は泥棒には見えない。


悠の目的地は、瑠璃やから歩いて十分程度の場所にあった。

商店街から一本奥に入った、下町の風情が残る住宅街だ。

庭を囲む木の塀沿いに、ぐるっと歩くと、明治風のアンティークな店構えがある。

ガラスのディスプレイに絵が飾られている。隣のドアは木で、ノブはくすんだ真鍮《しんちゅう》だ。軒先に、花の彫刻の支柱《アイアン》から吊り看板が下がっている。

看板には金文字で《醒花堂《せいかどう》》とある。李白《りはく》の詩から採ったという、床しい名前とレトロな佇《たたず》まいだが、店自体は現在の主人が一代目、創業十年、この店舗を開いて四年だ。業界では新店舗の年数だが、店の実力は、歴史の長さだけに比例しない。

瑠璃やを出てすぐに電話をした。

とにかく気まぐれな店で、行くと大概閉まっている。後日理由を訊《き》くと《寝ていた》と店主は言う。曰《いわ》く《うちは完全予約制だから》ということだ。

電話をすると店主が出た。起きていたらしく声が明瞭《めいりょう》だった。

鑑《み》てもらいたいものがある、と悠が言うと、いいよ、と気軽な返事が返ってきた。

ドアノブを捻《ひね》り、ドアを引き開ける。

足元は油の染みた樫《かし》で、悠のバッシュでも澄んだ足音を立てた。革靴で歩けばコトコトと木琴のような音を出すいい木材だった。

店舗の中は薄暗く、太陽光は入らない仕組みだ。ブリキのシェードがかかった吊り下げ電球が暗く灯《とも》っている。絵を傷めないための配慮だ。本気の鑑定のためのＬＥＤライトが天井に仕込まれているのを悠は知っている。

暗い画廊の奥に小さなテーブルと椅子、その奥に瑠璃やと同じようなカウンターがある。角度調整機能がついた三脚イーゼルが一台。小振りのものが重ねて壁に立てかけられている。採光窓かと思う明るい窪《くぼ》みは掛け軸を見るところだ。さすが画廊の設《しつら》えというところだろうか。絵の専門店だから絵を鑑定する用品ばかりが置かれていた。同じ骨董鑑定でも質屋の雑多な雰囲気とはずいぶん違っている。

カウンターのほうへ悠は歩いた。

隅に銀の呼び鈴があるはずだからそれを振って、出てくるまでにさて何分かかるか、と心配しながら優は顔を上げ、思わず足を止めて息を呑んだ。

カウンターから白い手が、クレマティスのように一本生えている、……と思ったら、突っ伏した姿勢で、片肘《かたひじ》をつき、手先を上に上げているのだ。宝石店で指輪のディスプレイに使うような白くきれいな手だ。生まれたまま何にも触れずに育ったような、滑らかな手の先だった。

「いらっしゃい。悠」

よいしょと持ち上がる琥珀色《こはくいろ》の巻き毛の下から男の声がする。掠《かす》れの消えた甘い声。起きてから十分時間が経《た》っているようだ。寝起きのこの人とはなかなか話ができないから助かったと、悠は少しほっとした。

「お世話になります、銀示《ぎんじ》さん」

悠は男の名前を呼んで、カウンターに近寄った。

この画廊は、この銀示という男の美貌に合わせて建てたのではないかと思うような容姿をしていた。琥珀色の巻き毛、目の付け根から目の縁をはみ出すほど長く延びた深い二重。睫《まつ》毛《げ》が長い。先祖のどこかに北欧人がいるときいたことがある。ビスクドールのような人だった。……名前が純和風でなく、着ているものがだぶだぶのパジャマでなかったら。

銀示は大きな猫のような目を悠に据えて、薄く笑った。

「久しいね。やってけてるの？　それとも客が来ないの？」

「まあぼちぼち、頑張ってます。いいものはなかなか来ませんが、贋作もどうにか見分けられるようになりました」

《醒花堂》は、悠の鑑定のフォローをしてくれている画廊だ。悠が鑑定を迷う絵はここに相談に来る。洋画にも日本画にも明るく、オークションの始末まで請け負ってくれる。

展示用のギャラリーは別所に持っていて、ここは品定めと保管の場所、兼アトリエと住居だ。

「嬉《うれ》しいよ、お父さんとしてては。はじめはポスター買っちゃった悠だからねえ」

寝起きの洋猫のように、よく磨かれたカウンターの上に、だらだら身体《からだ》を預けながら銀示は笑う。

「もうそのネタは勘弁してください」

一人になったばかりの頃、カンバスに張られたポスターを、絵画と見誤って高値で買い取ってしまったことがある。最近の印刷が、手ざわりまで精巧なことを差し引いても、質屋のヒヨコにあるまじき情けない鑑定眼だった。

先代亡きあと、悠の後ろ盾はこの《醒花堂》の主、銀示だ。

質屋の業界は、信用で成り立つ世界だ。実績のある後ろ盾がなければ業界に所属することも許されない。

悠の保証人である銀示は、父とも師とも仰ぐ立場にある人物だが、この通り、寝汚くて年齢不詳で美しい人だ。父親に懐《なつ》くようにはなかなかできない。

「で、今日のネタは何？」

相談に来たはずの悠の手に何も抱えられていないのを見て、寝癖のついた巻き毛の髪を傾《かし》げながら、銀示が言う。ここに来るときは大概カンバスか、巻物の入った木箱の風呂敷を抱えてくるのが常だった。

「変わり種です。絵じゃないかもしれないんですが……」

悠は、ポケットの中に大事に入れてきた巾着を取り出した。

見せると途端に大きな目をぱちぱちとさせる銀示の目の前で、悠は宝石を磨く専用の布にくるまったロケットを出す。

銀示は手と同じ白さの布手袋を嵌めて、子どものように手を伸ばしてくる。渡すと、オモチャを扱う無邪気さでボタンを押して蓋を開けた。

「それ、なんだかわかりますか」

生地のような布のような繊維のような、茅野の宝物だ。

「ペルシャだな。年代物だ。あいつのが詳しい」

見るなり銀示は即答する。

「ペルシャ？　絨毯《じゅうたん》とかの？」

「うん。——硅太郎《けいたろう》！　硅太郎、ちょっと来て」

ロケットの中を見ながら銀示が大きな声を出す。

「どうした」

奥から現れたのは、体格のいい男だった。

短い黒髪に、竹の模様の和風Tシャツ。学生の頃、水泳でまあまあいいところまでいったという硅太郎の身体は逞《たくま》しく、茅野よりさらにひとまわり大きい。

「十九世紀より前のキルマンっぽいけど、出所が怪しい。ちょっと鑑て」

銀示は手に摑《つか》んだロケットを、硅太郎に伸ばす。硅太郎は慣れたように銀示の手を待たせ、手袋を嵌めてから長いジーンズの脚を折って、カウンターの内側の銀示の隣に座った。

鼻筋が高く、眉《まゆ》のはっきりとした男らしい顔立ちだ。銀示がいるから目立たないが、硅太郎もかなり和風に整った容貌をしていた。

「お世話になります、硅太郎さん」

「これは悠の店に？」

「はい」

硅太郎は銀示からロケットを受け取り、手元のライトをつけてカウンターの下からルーペを取り出す。分厚い肩に銀示が陶器のような頰《ほお》を押しつけ一緒に覗き込んでいる。銀示が華奢《きゃしゃ》だから硅太郎のたくましさが余計際だって見えた。

茅野に言った身近な同性の恋人同士というのがこの人たちだ。

店主は銀示、銀示曰く、硅太郎は愛人だというのだが、銀示が油絵担当、硅太郎が日本画とそれ以外という分担でこの画廊を運営している。

理想の夫婦というのはおかしいが、どこへ行くのも一緒のおしどり夫婦で、生活破綻《はたん》者の銀示がまともに暮らせているのは、銀示を甘やかしまくりで世話を焼いている、硅太郎のおかげに違いなかった。

「これはどこから？」

訝《いぶか》しげに硅太郎が出所を訊く。

「わかりません。一見《いちげん》の持ち込みです」

「イスファハンだな。キルマンと似てるが、この色はイスファハン・レッドだ。ブルーも見

える。糸からすると、十八世紀ってところか」

「骨董ですね」

「掘り出し物クラスだ。絨毯から切り出したんだろうが、この面積じゃ図柄がわからん。部族が判明すれば値が上がるかもしれん」

「高いんですか」

見当がつかなさすぎて、素人《しろうと》のような質問になった。

「部族がわからなくても百二十万円ってところだ」

「ザロニム百二十ならかなりですね」

悠は眉を顰《ひそ》めた。畳一畳程度のサイズでその値段だとすると、流通ものでは最高級品の部類に入る。

ペルシャ絨毯は人気の品だ。古いほどよく、密度の高さ、図柄や出所で値段が跳ね上がる。キルマンもイスファハンもペルシャ絨毯の歴史ある有名な産地で、織り柄、染色、糸の結び方で制作地が判明する。

それにしたってペルシャ絨毯の手ざわりには思えなかったと、悠は自分の指先を擦《こす》り合わせ、感触を思い出した。

悠が知るペルシャ絨毯の感触は、もっとさらさらと優しく、しっかりとしていて、こんなに軽い上に、ねっとりと天鵞絨《ビロード》と苔の合間のような、濃厚な手ざわりを持つものではなかった気がする。

——百二十万のペルシャ絨毯を踏む生活か。

百均のビニール財布を持っていた茅野には到底似つかわしくないと思っていると、硅太郎が言った。

「馬鹿言え、この面積でだ」

「……え？」

「惜しいな。正方形なら百五十だ。まあ、この面積じゃ売り物にならないが、ハガキ大ならクリスティーズ三百万からスタートだ。この作品の作者なら、うちで買い取ってもいい」

「はあああ⁉」

カウンターに身を乗り出した悠の頰を、銀示のやわやわした白い手が、ぺちんと叩《たた》いた。

「しっかりしろよ、質屋だろ？」


「ふうん。行き倒れがこれをね」

自分の目利きの悪さに顔から火を噴きそうになりながら、悠は硅太郎の前に座っている。

でもこのサイズに絨毯を切り抜くという発想がそもそも悠にはなかったし、三百年前の外国の織物も見たことがない。《滅多にお目にかかれるクォリティじゃねえから、わからなくてもしかたがない》と硅太郎は慰めてくれたが、ペルシャ絨毯であることすらわからなかったのだから、本気で質屋失格だ。

「器を入れ替えるといい。懐中時計に嵌めるのはなかなかしゃれた趣向だが、土産物屋で千円の額縁ってのはいただけないな」

熱心にロケットを見ている硅太郎の横で、爪をいじる銀示は退屈そうだ。硅太郎はこのロケットが欲しそうだった。

「こいつの本体の在りかか、流通元がわかったら教えてくれ。俺が買い付けにいく」

と言って硅太郎は微《かす》かな指紋まできれいに拭き取り、巾着の中に丁寧《ていねい》にロケットをしまって、鑑定トレーごと悠にロケットを差し戻した。

「ありがとうございました」

悠が頭を下げると「いつでも来い」と、男らしい微笑《ほほえ》みを浮かべ、硅太郎こそが悠の保護者のようなことを言って立ち上がる。

「コーヒーでも飲んでいけ」

奥からコーヒーの香りがしていた。出してくれるような口ぶりだったから、悠は急いで断った。

「いえ、店空《あ》けてきてるんで、すぐに帰ります。またお礼は出直します、硅太郎さん」

「そうなの？　残念」

と言うのは銀示だ。

「銀示はどうする」

「俺はいる。ここで飲みたい」

銀示が答えると、立ち上がった硅太郎はわざわざ腰を折り、返事の代わりに銀示にキスをする。悠に「じゃあな」と言い残して部屋の奥に向かった。

銀示は外でも彼らの関係を隠そうとしない。硅太郎は銀示に甘えられるがままだ。取引相手にも比較的関係はオープンだった。

仕事のパートナーで、人生の伴侶だ。

同性と恋をすること——。

銀示たちを見ていると、自然で幸せなことのように見えた。子どもも祝福もいらないと言うが、それが強がりに見えない。

自分もいつか本当に好きな人ができたら相手の性別にこだわらないと思っていたのは、彼らの影響だ。だから、茅野のことだって、特に激しい抵抗もなく受け入れられた。

「……」

茅野に与えられた快楽が、ふと尾てい骨のあたりに蘇《よみがえ》って、悠は居心地悪く目を伏せる。

銀示たちのことは自然に思えていても、いざ自分の目の前に迫ると戸惑ってしまう。

茅野の魅力と言われれば、まだはっきり答えられないし、好きかと訊かれても頷くことはできない。でもこうして質草を外に持ち出す禁を犯してまで、茅野を知りたいと思う気持ちが恋ではないと言われたら、他に何と言い訳をすればいいのだろう。

「ねえ、銀示さん」

茅野に金庫を見せた日から、胸にもやもやと溜《た》まる霧を、銀示なら晴らしてくれそうな気がした。

この人の考え方には、絵画に関すること以外の禁忌《タブー》がない。悠が店を守れたのも、この人のお陰だった。

質屋には長年培った目利きと資金運用の腕が必要だ。組合の老人たちに、未熟すぎると判断され、ディスカウントショップからやり直せと言われそうなところを、《いいじゃん、質屋の子なんだから。潰《つぶ》れたときはこの子のせいだ》と厳しいのか優しいのかわからない一声で、後ろ盾を買って出てくれたのが銀示だった。それ以降、絵画の鑑定を助けてくれ、守備範囲外の難物も、彼らの交友範囲で賄《まかな》ってくれる。

パチンと瞬く音がしそうな銀示の目に見つめられながら、悠は得どころのない問いを切り出した。

「あの……、硅太郎さんと、ずっと暮らしていくって、どんな感じですか」

自分でも何が訊きたいかはっきりわからない質問になってしまった。

「硅太郎はあげられないよ？」

「違います！」

けろっと問い返す銀示に、悠は慌てた。

「お、男同士で付き合うのって、どうなんだろうって、ちょっと、思って……」

《どう》ってなんなんだ、と自分でつっこみながら、要領の悪い質問をして更に気まずくなる。

銀示は子どもっぽい仕草で、重ねただぶだぶのパジャマの腕に頬を乗せて、んー。と呻き声か考え中かわからない声を出した。

「あ、いえ、すみません、あの、支え合う感じかな、とか思ったりしたんですけど、もういいです」

と言ってから、ああそうだ、そういうことが訊きたかったんだと思って悠は後悔する。

《恋愛は恋愛》だと言い切られたら何も言えないが、銀示が同性である硅太郎を伴侶として選んだ理由とか、男に踏み切ったラインが知りたかった。

硅太郎はどうだか知らないが、銀示は過去の女性の話もする。元々男性だけしか好きになれないわけではなさそうだった。

銀示は、また、んー。と唸《うな》って頭を上げ、くしゃくしゃの巻き毛の頭を気怠《けだる》げに搔《か》く。

「人って言うより、えっちなところがいいっていう感じかな？　男同士だからさ」

「えっち……って……」

答えというには突拍子もないことを銀示は言うが、そもそも悠の質問が要領を得ないのだから仕方がない。

銀示は油絵の画家で、悠が知る限り、印象派に属する作風の絵を描く。夢の景色を描き写したような、明瞭な輪郭のない、ひどく感覚的な絵だ。そのせいか、ときどき言葉もすごく抽象的で、意味がわからない返答もある。

「まあ……。何ていうか、そういうのもアリだと思いますけど」

自分と同じ男の身体だ。いいところやたまらない弄《いじ》りかたは同じ男にしかできないと、茅野と寝てみて悠も思った。身体の高まりかたも理解できるから、説明しなくていいし、変な遠慮がなくていい。

訊きたいことはそんなことじゃなかったのにと悠は困ったが、これ以上うまく訊ける言葉を探せない。

悠が黙ると、銀示は、光の加減で少し緑色っぽく見える目を瞬《またた》かせた。そして、

「あっ。悠、その気になった!?」

急に腰を上げた。

「え？」

「おいで、三人でしよう！　悠まん中で。かわいがってあげるよ。初めてでも大丈夫」

楽しそうな表情の銀示に手首を摑まれて、わあ、と悠は声を上げた。

「違います。待って、そんなんじゃないから！」

と摑まれた手をほどこうとしていると、奥からコーヒーカップの乗った丸盆を手にした硅太郎が戻ってきた。

「悠が、しよう、って！」

鬼ごっこでも始めようという無邪気さで、硅太郎をふり仰ぐ銀示に、硅太郎は困ったため息を返した。助け船だと思った。

「子どもを苛《いじ》めるな。銀示」

「子どもじゃありません！」

せっかく取りなしてくれた硅太郎の言葉に反射的に言い返してしまった。たしかに彼らは親代わりだが、いつまでも子ども扱いは困る。ちゃんと一人前に店はやっていけているのだと思いながら硅太郎を見上げる。

硅太郎は不思議そうに悠を見下ろした。

「上がってくのか？」

とんでもない話だった。

ロケットの中は高級ペルシャ絨毯の欠片《かけら》——。

判明したって現実にはあまり関係のない事実だ。

高級絨毯は細い細い色糸で濃密に織る。ペルシャ絨毯で言うところの《織る》は、経糸《たて》に、一本一本緯糸《よこ》を結んでゆくという工法のことだ。

高級なほど糸が細く、面積あたりの結び目の数が多い。だから色のひとつひとつが粒立って見えるほど鮮やかで、紙目と見まごうほどに滑らかなのだと硅太郎は言った。

この赤と青の粒に見える模様も、イスファハン・レッド、イスファハン・ブルーと呼ばれる産地独特の染め色らしい。日本にもある柿右衛門《かきえもん》の赤、砥部《とべ》焼の秘色の青。伝統的で真似《まね》のできない限定色のひとつだ。

目数、すなわち結び目の密度を示すノットは、最高級百五十万ノット／㎡越えは間違いないということだ。絨毯の作り方を知っていれば気が遠くなる数値だった。小さめの一枚を織るのに数人掛かりで四、五年かかる品質だ。もしもこれが価値がある伝統模様の一部なら、値はまだ上がるだろうということだった。

あの様子では、茅野はこれに百二十万の値段がつくことを知らないのだろう。

教えるべきなのだろうか、もしかしてこれを所有していることが、茅野が着物に詳しい理由に繋《つな》がるのだろうかと思うが、もしもそうだとしても悠の、茅野への気持ちには何の関係もない。

もう一度事情を訊いてみようかと悠は思った。

これを大切にしている理由。働かない本当の理由。茅野のことをもっと聞かせてもらって、そして、

「……」

茅野と恋に落ちたい――。

そんなことを考えている時点でもうダメなのではないかと悠は思った。とっくに茅野が好きなのかもしれない。好きになっていい理由を探しているだけかもしれない。茅野と暮らす言い訳を考えているのかもしれない。

平日昼下がりの通りは静かだった。

郵便のバイクの音が、昼間のアスファルトを横切ってゆく。花屋の若い女性が、花の鉢植えを棚に並べ替えている。

雨がぽつぽつと落ちはじめた専門店が並ぶ通りを、悠は歩く。石畳の上、考えごとをしながらの足取りは鈍かった。

昔ながらの時計屋や靴屋がある。人気の洋書店もある。隠れ家的なカフェと天ぷら屋。大型デパートとは違う、信用と経験が自慢の個人商店が並ぶ。その一角に悠の店もあった。

とにかく、これがあれば質草なしの融資はなくなる。何しろ百二十万円のロケットだ。

そうすると、今現在、茅野に貸している金額はどれくらいなのだろう。

「——……質屋失格……」

角を曲がると自分の店の質屋の幕が見えはじめて、悠は独り言を零《こぼ》し、肩でため息をついた。質屋のくせに質草の値段を見誤って、幾ら貸したかもわからなくなっている。

悠は質屋の幕の陰に入って、木目を貼ったサッシの引き戸をからからと開けた。カウンターに辿《たど》り着く前に、茅野が整った顔を出した。店番としてはまあまあだ。

「お帰り」

「ただいま」

表情をどう繕《つくろ》おうか悩んで、結局笑えないまま悠は答えた。

框の引き戸に脱いだ靴をしまいながら、一度、全部考えを纏めてから茅野に話そうと決めた。

茅野に貸した金額をきちんと決めて、ロケットのことを話す。百二十万の価値があることを伝え、借金を清算して、当座の生活費もロケットを質入れした分から出す。

あるいはこれがただの《おばあさんの思い出のロケット》ではなくて、百二十万になるなら売りたいと言い出すなら、硅太郎を紹介してもいい。買い取りはしない主義だが、今回だけは特別だ。悠が取るはずの利ざやを茅野の借金に充て、悠が仲介に立って実質硅太郎に売り払うのでもいい。

「どうだった？」

行き先も知らないのに茅野が言う。

「うん。特に何もなかった」

茅野の顔をろくに見ることもできず、框から奥の廊下へと歩いた。

夕食の後に告げるのがいいだろうか。明日でもいいか——。

「なんだか疲れた。着替えてちょっと休んでくる。悪いけど店番の続きを——……」

ついてくる茅野に告げて、自室に続く廊下の方を眺めたときだ。

「……」

幽霊が出る夢を見たときのような感触だった。

悠は肩を引くようにして、そっと立ち止まる。

襖《ふすま》が開いている。開かないはずの襖が開き、暗い部屋が奥に広がっていた。

後ろに立っている茅野が宥《なだ》めるような声を出した。

「中には一歩も入ってないよ。あの部屋のところだけ敷居に埃《ほこり》がずいぶん溜まってたようだったから」

「……中を、見たの？」

「暗いからよく見えないよ。なにか色々物が詰まってるのはわかったけど、それ以外は何——」

「ッ！」

何がいけないのかわからないような声で言う茅野の手を振り払い、悠は一瞬で廊下を駆けた。開け放った襖に手をかけ、ばしん！　と音を立てて激しく閉ざす。こめかみがぎゅっと熱くなる。

めり込むような漆《うるし》の合わせ目に、額を押さえつけて悠は唸った。

見るなと言ったはずだ。茅野は、勝手に他人の部屋を開けない常識を持っている人間だと信じていた。

「なんでそんな勝手なことするんだよ！　この部屋には勝手に入るなって言っただろ！」

説明したはずだと、自分の声を思い出して、悠は肺の空気が潰《つい》えるのを感じる。《入るな》とは言ったが《開けるな》とは言っていない。

「ごめん。でも一歩も入ってない。割れた品物が少し見えただけで、本当に」

「！」

自分の心を潰《つぶ》すのに決定的なことを茅野は言い訳して、何がいけなかったのかと訊きたそうな顔で手を伸ばしてくる。悠は再びそれを子どものような癇癪《かんしゃく》で払った。

「もう絶対開けないで。茅野さん」

「わかった。約束する」

「開けないで！」

茅野の声を最後まで聞かずに、悠は怒鳴った。

茅野は敷居の掃除をしただけだ。中は暗くて何があるのか見えていないはずだ。もしも中に入ったって、出しっ放しのガラクタと、木箱や服が積んであるだけだった。見られてマズイものはない。茅野に意味がわかるわけがない。茅野が気づくはずがない。

自分に言い聞かせ慣れた言葉で必死に自分を宥めようとするけれど、噴き出して止まらない恥ずかしさや恐ろしさが、それをまったく受け付けてくれない。取り乱した態度を繕えないのも悠の混乱に拍車を掛けた。

身体が震える。この怖さとみっともなさを、今、茅野にうまく説明できる言葉がない。

「……一人にして」

もう一度、襖の合わせ目を確認して、悠は押しつけていた額を静かに離した。

息が上がっている。一気に頭にのぼった血が、血管をずるずると流れ落ちてゆく。

俯《うつむ》いたまま背中を向け、茅野を廊下に残して部屋へ向かった。

あれはお化けの部屋だ。

物には付喪神《つくもがみ》というお化けが憑《つ》く。年を経たもの、念の籠《こ》もったもの、粗末にされたもの、使い方を間違えられたもの、壊れたものが薄暗い魂を得て、人を祟《たた》りはじめるのだ。

あそこにお化けを溜めてしまったのは悠自身だが、茅野に開けられるとは思っていなかった。

悠はのろのろと壁に寄り、上着をハンガーに掛けた。

ポケットから巾着を取りだして机に置く。

——何をやっているんだろう。

ここ数日の自分が急に滑稽《こっけい》に思えてきた。

何を舞い上がっていたのだろう。自分に何ができると思ったのだろう。

「ふ……」

急に身体が重くなる気がして、悠は自分のベッドに転がった。

ふと、ここで見た茅野の身体と、焼けた肌のにおいを思い出して逃げたくなったが、起き上がる気力も湧かなかった。

どうして自分に恋ができる気がしたのだろう。茅野を好きになってどうするつもりでいたのだろう。浮かれて銀示にあんなことまで訊いてしまった自分が、叫び出したくなるほど痛痛しい。

自分にはしなければならないことがある。一生をそれに費やす覚悟もあった。今さら裏切れるはずなどない。

「バカみたい……」

ずっと一人の生活だった。そこに茅野が転がり込んできて、好みの男で、優しくて、久しぶりの人の気配が嬉しくて、らしくもなく浮かれていた。

自分が茅野を好きになって、もし茅野が自分を好きになっても、悠が普段の悠らしさを取り戻せば、きっと何か上手《うま》い理由を付けて茅野を追い出していたと思う。

あの部屋を覗かれて、少しだけ早くその日が来ただけだ。

——あの部屋は俺だ。

悠は久しぶりにはっきりとあの部屋を見た。覚えているよりずいぶん物が積み上げられていた。

自分が詰め込んだものだ。ずいぶん溜まっているだろうと朧気《おぼろげ》に想像することはあっても、光を入れられ、目の当《ま》たりにするとさすがにゾッとした。いつも隙間《すきま》から滑りこむように入って、逃げ出すように出る部屋だ。

はじめはただの空き部屋だったのに。溜めて溜めて溜めて溜めて、悠が幽霊の棲《す》む部屋にしてしまった。

「……」

悠は顔をしかめ、熱くなっていた目許《めもと》に手首を乗せた。呼吸が速くなっている。少し頭痛もしていた。

少し休んだら茅野のことを清算をしよう。

やっぱり茅野が来てから、どこか自分はおかしかったと悠は自嘲《じちょう》する。

一人ではない食事のおいしさとか、茅野の優しさとか、快楽や、温かさ、近藤《こんどう》から助けてもらったときの心強さや安堵《あんど》、どうしてそんなものを金で買えると思ったのだろう。

茅野に与えた物品代と茅野の労働時間を差し引けばほとんど差額は出ないだろう。余るなら返して、足りないなら店番でもさせて。

「トイチか……」

悠は途方に暮れた独り言を漏らした。

十日で一割恋が募る。

茅野を質に入れた気分になって、暴利を毟り取られているのは自分の方だ。

「あの男のほうが悪徳じゃん」

たった十日足らず。

わずかな好意が、あっと言う間に抱えきれない恋心に膨らむ。

返せなくなるはずだ、と、暴利と呼ばれる《トイチ》の利率の威力に打ちのめされる気持ちで悠は目を閉じた。

微かなオリーブオイルの香りがすると、ぐっと恋心が重みを増す気がする。

だが、腐っても自分は質屋だ。逃れる方法を知っていた。

返済してしまえばいい。元がなければ金利も募りようがない。

悠は決心した。

これ以上崩れそうになる前に、とっとと茅野を追い出してしまおう。

暗い部屋で目を閉じていたら、ずいぶん落ち着いた気がした。頭も重いが薬を飲むほどではない。

悠はベッドから起き上がり、部屋の灯《あか》りをつけた。

机の引き出しから取り出した電卓を叩いて、茅野の件の細々を計算をした。帳簿は見なくても数字は頭に入っていた。

差し引き差額マイナス八十二円。

笑えるくらい良い感じだ。

部屋を出て廊下をたどると、待っていたらしい茅野が居間の入り口に立っていた。男前のくせに叱られた犬のような情けない表情だ。

ごめんと言うだろう茅野の先を制して、悠から口を利いた。

「ごめん茅野さん。大きな声出しちゃって、びっくりしただろ？」

茅野は気分を害したふうでもなく、軽く目を伏せ首を振った。

「いや、たぶん俺が悪いんだよね。あの皿のせい？」

「……」

開けただけと言ったくせに、ちゃっかり中を見てるじゃないかと、苦い気持ちで悠は、ほとんどわざとの攻撃にしか聞こえない茅野の声を受け止める。

見られたならもう隠す必要はない。それに大した理由はない部屋だ。

「あの部屋はね、売れなくなった物を置いとく部屋だよ」

本当に、ただそれだけの部屋だ。

茅野と割った皿も、重ねて入り口の目の前の棚に置きっ放しにしていた。新聞で包んで箱にしまおうと思っていたのに、茅野が出ていってからにしようと後回しにしてしまった。燃えないごみの日待ちというには大量すぎるが、それもごまかすほどの理由ではない。

「俺ね、なんか、物が捨てられないんだ。ごみとかは大丈夫なんだけど、ああいう、昔誰かの大事なものだったものとか、商品にならないものとか、誰も引き取りに来ないものとか……、自分じゃなんでか捨てられない。だからあそこに置いてるだけ。かっこ悪いから茅野さんに見られるのは嫌だったんだ。見るなって言ったつもりだったのに、部屋が開いてるからびっくりした」

正直に悠は告げた。幽霊の話まではじめると切りがなさそうだし、妄想だとわかっている感覚の話を、茅野にわかるように話すのも難しい。茅野だって打ち明けられても困るだろうから、説明はそれで十分だと思った。

悠の言葉を聞いて、茅野は「ごめん」と沈鬱《ちんうつ》な声で呟《つぶや》いた。悠は笑みを浮かべて首を振った。「さっきはほんとにごめんなさい」と、悠は大声を出したことを謝りなおした。

悠は、目を閉じて、大きなため息をついた。

潮時だ。色々と。

「お茶淹《い》れようか。茅野さんにロケットのことで話があるんだ」

秘密を暴いたというなら自分も同罪かもしれない。

だからおあいこと笑いあって、何もかも茅野に打ち明けて終わらせようと思った。


茅野は知っていたのだと、悠は悟った。

居間に持ってきた鑑定トレーの上に、巾着から出したロケットを乗せたとき、茅野は表情を変えなかった。

茅野は性格に少し変わったところがあるが、馬鹿ではない。

茅野に内緒で外にロケットを持ち出したこと、誰かにロケットの中味の本当の金額を聞いてきたことを感づいただろう。

質草の横に、不用意に湯飲みを置かないのは常識だった。

茶が終わるのを待って、湯飲みを盆におろさせて、居間の和テーブルに向き合って、テーブルのまん中、茅野にロケットを差しやった。

「相場百二十万だって。専門家が言うから間違いないよ」

硅太郎は自身が日本画家であり、古美術商であり、名うての好事家《こうずか》だ。銀示が言うにはあの店の七割は、海外の美術品専門オークションの利益でできているということらしい。悠はあの店の金庫を見たことがあるが、到底開業四年の画廊が持つ品揃《しなぞろ》えではなかった。

硅太郎は、銀示を甘やかすことに精魂を傾ける男に見えても、札束の波が荒ぶる一流オークションという大海を渡る男だ。その硅太郎の査定だから間違いはない。

「ご家族の形見だって言ったよね。俺の未熟で、簡単に茅野さんの大切なものを取り上げて悪かった」

自分の不識を恥じ、質屋の誠実で本当の価値に訂正する。

茅野は不機嫌な顔もせず、だからといって愛想よくもせず、ボソボソとした声で答える。

「俺に金がないのは本当だし、悠は悪くない。こういうの、家にいっぱいあるんだ。これは特に大事で、好きなもの」

「いっぱいって……。茅野さんち、もしかして輸入業なの？」

十八世紀のペルシャ絨毯。ハガキ四方で三百万の値がつくという。もしも大きさが二畳に届けば軽く億単位だろうと硅太郎は言った。そんなものが扱えるとなると、茅野の実家は輸入業者か古美術商、そうでなければ同業者だ。着物に目が利くのも納得がいく。

「違うよ」

だが茅野は一言そう言ったきり黙った。隠しごとがあるのはもう茅野の方だけらしかった。

悠は追求しなかった。

「そう……。もしも茅野さんが望むなら、買い取りたいって人がいるってことを伝えておくね」

茅野とはこれで縁が切れる。せいぜい絨毯のお手入れ方法を教えて、金に困ったら今度は行き倒れずに、それを握って飛び込んでこいと言って送り出すだけだ。

重苦しい静けさの中、悠は穏やかな声で続きを話した。

「茅野さんの時給と、茅野さんの借金。さっき計算してみたらだいたい同じくらいみたい」

「まだ届かないよ。皿の分がある」

繋ぎ止めるような声で、茅野が言う。なんだか別れ話みたいな気まずい雰囲気が滲《にじ》んだ。

「それはいいんだ。ごめん、意地悪言っただけ。皿は俺が悪い。はじめから金をもらう気はなかった」

茅野がロケットの金額を知っていたなら、この嘘《うそ》もおあいこだ。茅野がはじめからロケットを質に入れればすむ話だった。茅野はここにいたいから黙っていたのだろう。

「だいたいこれで清算。茅野さんの飯、旨《うま》かったよ」

これで全部ケリがついた。茅野の借金を清算し、ロケットを返す準備もある。

あとは茅野から挨拶《あいさつ》でも聞いて、悠はそれに頷くだけだ。

「悠」

じっと悠を見つめていた茅野は、掠れた声で自分を呼んだ。そして不安そうな声で言う。

「俺は、ここにいたらダメかな」

「言っただろ？　質も入れない、借金もない、金にならない男は嫌いなんだ」

茅野の質問は予想どおりで、悠は用意していた言葉を返した。これ以上、暴利の恋が嵩んだら、今度こそ返せそうにない。

曖昧《あいまい》に笑って茅野を見た。深刻な顔の茅野を茶化すように言った。

「遊びに来るなら、就職さがして出直してきて。お茶くらい出すよ。五十円で」

「そのことだけど、悠……」

――《就職するからここにいたい》？

そんな言葉を聞きたくなくて、何か言葉を探そうとしたときだ。

来客のチャイムが鳴った。悠は助けられたように立ち上がった。

「ちょっと、行ってくる」

笑顔を作り、茅野を残して居間を出た。

こうして日常に戻るだけだ。カウンターから居間に戻ったとき、茅野の姿が消えていてくれたらいいなと密《ひそ》かに願いながら、悠は廊下に出た。

「いらっしゃいませ。お待たせしました――……」

短いのれんをくぐって店に顔を出す。

「よお」

ニヤニヤと見下すような笑顔の近藤が立っていた。


「へーえ。出ていったの」

カウンターに肘を乗せ、くちゃくちゃとガムを噛《か》みながら、相変わらず息が止まりそうに香水臭い近藤は、店を見回した。

近藤はカウンターに寄るなり、開口一番《アイツは？》と訊いた。茅野のことだ。悠は《いない》と答えた。

「ええ。たまたま来てたバイヤーさんです」

いかにも店員の風情で出てきた茅野の素性をごまかすのは難しかったが、バイヤーには変わり者が多い。実際、Tシャツとジーンズ姿で、何千万もの品物をぶら下げて鑑定を頼みに来るバイヤーもいる。

「だってアイツ、アルバイトっつってたじゃん」

「冗談ですよ。うちにアルバイトが必要なはずないでしょ？　バイヤーさんがお客さんに名刺出すわけないじゃないですか」

「……まあそうだな。だったらなおさら許せねえよ。アイツ、俺に触《さわ》ったんだぜ？　蹴ろうとしたんだぜ？」

訪ねてきた用件も言わず、近藤はグニャグニャとカウンターの上でくだを巻く。磨いたカウンターに、近藤の頬の皮脂がつくのが不快だった。

悠はため息で答えた。

「近藤さんが、急に乱暴なことするからでしょう」

「あれは冗談だってばさー、悠ーう」

あれをきっかけに出禁にすればよかったと思う悠の目の前で、甘えるように近藤がのたうつ。

「俺が本気だったらアイツ半殺しなのわかってるだろ？　俺がどんだけ悠のこと好きか、悠、知ってるじゃん」

「光栄ですがお気持ちだけ」

受け取って、死んでも断るとのしを付けなおして叩き返したい気分だ。

「でも許しがたいわー。殺してえわ、アイツ」

「物騒なかたのご入店は遠慮願いますよ？」

それで？　と視線に問いを含んで近藤の用件を催促する。またいつもの転売品を持ってきたなら追い返そうと思っていた。まさか茅野に報復するためだけに来店したわけではないだろう。

「んー？　今日はねえ……」

もったいぶった上目遣いで近藤は言って、ポケットに手を突っ込む。

「見たい？　悠」

「……俺は鑑るのが仕事です。質入れする気がない品物は見たくありません」

「そんなこと言っちゃって大丈夫かなー？」

品物によほど自信があるのか、カウンターから蹴り落としたくなるくらい、近藤の態度は気持ち悪くて馴《な》れ馴れしい。

たしかにここ最近、近藤が持ち込む品物は筋がいい。

長く地を這《は》う不景気だ、政財界に縁の家が、次々と破産してゆく情報を耳にしていたし、所蔵のお宝を売り払う企業も多い。うっかり作った借金を、近藤のようなチンピラに摑まれて、掃除機で吸い取るように金品を巻き上げられることもあるのだろう。

秘蔵の品が世に出ることはコレクターには嬉しいことだが、近藤のような無知な男に売り払われたら、由緒が消えてばらばらになり、世界中に飛び散って消えてなくなってしまう。

「じゃーん」

ポケットから何かを出すと見せかけた近藤は、頭の上で空《から》の手をぱっと開き、足元に置いていた菓子折のような紙袋から、風呂敷包みを取りだした。感心するほどくだらない。

「開けて？」

ぶきっちょなウインクをよこす近藤に、軽く鳥肌を立てながら悠はめちゃくちゃな風呂敷の結び目に手をかけた。

開いてみると翡翠色《ひすいいろ》の布の張られた薄い箱が出てくる。

古い品のようだ。天辺に和紙で貼り付けられた箱書きがある。

「――……」

《月ヶ浜《つきがはま》》と読み取れた。驚きすぎて、少しぼんやりとしてしまった。

「三千万だって」

と笑って、菓子箱の箱を剝《は》ぐように無造作に近藤は箱を開ける。中には桐箱が入っていた。

《月ヶ浜》の箱書きの横には《兼継《かねつぐ》》とある。間違いない。

「さ、――触んないで！」

悠は悲鳴のような声を上げた。

「なんだよう」

近藤が厚めの唇を尖らかす。

「迂闊《うかつ》に触らないでください。箱も」

とにかく何もかも、と、近藤を店から蹴り出したい気持ちで、震える手に急いで白手袋を嵌め、近藤の手を払いのける。

何度見ても間違いがない。

「はは。やっぱりいいお品？」

慌てる悠の姿を馬鹿にしたように笑って、ニヤニヤと近藤は眺めている。

逸《はや》る心を抑えつけながら丁寧に蓋を開ける。

将棋盤を真似た、細かいマス目に区切られたひとつひとつに将棋の駒が並んでいる。

全四十枚。

ゴクリと唾《つば》を飲んだ。箱の裏書きの日付も依頼主の名前も間違いなかった。

——これだ。

全身に戦慄《せんりつ》に似た震えが走る。

——あった——。

悠はそんな言葉を呑み込んだ。信じられない幸運だった。

「近藤さん」

呻《うめ》く声が震えた。

「すみませんが、こちらの品を買い取らせてください」

「はあ？」

「三千二百でお願いしたいんですが」

「やっぱいいお値段なんだ？」

隙間の空いた前歯を見せながら近藤は笑った。

「三千っていうのは嘘。悠だから三千で質入れしていいけど、ホントは三千五百って言われてる。四千で買い取りたいってたヤツもいたなあ。ナントカ銀行の頭取がさー、絶対ほしいとか言ってやんの。儲《もう》けてやがるねえ、この不景気に」

「四千五百」

「マジで？」

悠が値段をつり上げると、近藤はキューピー人形に似た丸い目を瞬かせた。

この品物の相場は知っているけれど、今は買い戻すのが先だ。

「探していた品なんです。お願いです、近藤さん」

「どうしよっかなー」

「即金で五千万円」

品物自体の相場は三千万。

現存する最古の将棋駒と言われる、四百十年前の権中納言・水無瀬兼成作の象牙《ぞうげ》駒とほぼ同時期に作られたものだ。安土桃山期の品物で、足利《あしかが》将軍家や徳川《とくがわ》家に献上された品の中でも稀少な象牙のものだった。いずれ重文指定を受けるだろうその駒よりも、近藤が手にしているものは何倍もコンディションがいいことを悠は知っている。

「お願いです、近藤さん」

土下座をしろと言われればしようと思っていた。相場の何倍払おうとも、国宝になったらもう手が出せない。

少し驚いたように悠を見ていた近藤は、面白そうな顔で悠に言った。

「んんんー？　じゃあ即金で五千。んで悠をもらおう」

「五千五百」

できない、と悠は金額を譲った。これでもういっぱいだ。

近藤は、怒りとこれまでの腹いせを込めた視線で悠を眺め、いたぶるようなねっとりした声で言う。

「ナントカ様はー、六千って言ってるけどー、ふっかければもう少し出すと思うんだー。っていうか、もう契約しちゃった。悠は質屋だから買わないんだよねぇ〜？」

「申し訳ありませんでした。これだけは別です。買い取らせてください」

「都合が良いにゃー」

「わかってます。でも本当にこれだけは別なんだ。お願いします、近藤さん！」

カウンターに乗り出すようにして、頭を下げる。近藤が頷くまで上げまいと思っていると、近藤は訝しげな顔をして言った。

「まあ。悠のたっての願いとあっちゃあ、俺もがんばろっかなと思うけどー？」

悠が振り払えないことを知っていて、近藤が髪を撫でてくる。屈辱だが耐えるしかなかった。もしも近藤の機嫌を損ねて、他に売り払われるならまだしも、燃やされたりしたら死んでも死にきれない。

近藤はそんな悠の様子に満足したようにニヤニヤと上機嫌で悠を眺めながら言った。

「買い戻すためには、上乗せが必要だな。即金で」

「……五日。……いいえ、三日」

今引き出せる現金は、仕入れや金庫の予備費を使っても四千万が精一杯だ。

「ダーメ」

近藤が自分の足元を見ているのはわかっている。相場の二倍。いくら価値があるとはいえ、この品物にこの値を付けるのは自分だけだ。

「あ！」

震える悠の目の前で、近藤は、目の前の箱をぱっとカウンターから取り上げた。

「近藤さん！」

悲鳴を上げそうになる粗雑な扱いで、ぐしゃぐしゃの風呂敷と一緒に、紙袋に突っ込んだ。

「待って——待ってください、近藤さん！」

「明日の朝まで、組に置いておく。気が変わったら、悠が五千万、持ってこいよ。帰れない覚悟でな？」

「──近藤さん！」

カウンターを離れた近藤を追って、悠は転げ出すように框に急いだ。

足をおろすころには、近藤が玄関を出ようとしていた。

声をあげる前に──戸は閉ざされ、質の幕の向こうに近藤の姿は見えなくなった。

「──……」

驚きすぎて放心しそうだった。

探している品物のうち、あの駒の行き先はまったく見当もつかなかった。

まだ無事だったのだ。

真っ先に安堵がわき起こった。そして不安がなだれ込んでくる。まだ取り返せる可能性がある。でも今手にいれられなければ、もう二度と目にするチャンスはないだろう。

「────ッ……」

悠は頭を抱え、ゆっくりと自分の髪を掴んだ。

即金で五千。この身と引き換えに──？

あるいは上積み一千万で、──六千。

「ダメだ……」

数年前の金庫の工事が徒《あだ》になっている。絞れるのはせいぜい四千万円までだ。借金は、自分のせいで瑠璃やにはもうできない。

「悠……？」

途中から見ていたらしい茅野が、心配そうな声で近づいてくる。

「どうしたの。何があったの」

「見つかったんだ」

「何が」

「探してた物が見つかったんだ！」

悔しさと歯がゆさで地団駄を踏みそうな気持ちのまま悠は答えた。茅野は怪訝《けげん》な顔で近藤が出ていった玄関を見やった。

「さっきの箱？　中味は、将棋の駒に……見えたけど」

好きなの？　と言いたそうな声音で茅野が訊くのに、悠は首を振った。

そうじゃない。集めなければならない品物は、焼き物や掛け軸、屏風《びょうぶ》、仏像、皆種類がバラバラだ。

「あれは……、俺なんだ」

「悠？」

「あれは俺の一部なんだよ！」

人の命に値段が付けられるというなら、あの品は間違いなく自分の命の一部だ。

茅野は、近藤が出ていった戸口と悠とを見比べ、首筋に手を当てて少し首を傾げる。

「事情はわかんないけど……」

さっきの説明以上に何も話せない悠を眺めて、茅野は言った。

「悠がとてもほしい品物なんだね？」

「うん……」

板間に膝《ひざ》を抱えて悠は頷いた。

欲しいというより手に入れなければならない品だ。もしもあれが最後なら、五千万と共に近藤に身体を差し出していいと思うくらい、どうしても手に入れたい。

「一万円貸して」

唐突に茅野が言った。

「何するの……？」

毒気を抜かれるような素《そ》っ気《け》ない声に、悠は少し呆然《ぼうぜん》と茅野を見上げた。

茅野はいつもと同じ淡々とした様子で、頰のあたりを掻いている。

「ちょっと実家に帰ってくる。ロケットの絨毯は無理だと思うけど、二、三千万ならどうにかなると思う。誰か、買い取ってくれるって言ったんだろ？」

買ってくれる人さえいればすぐに品物は用意できると言うような茅野を、悠は更に呆然と見つめた。

「家に……ペルシャ絨毯があるのか」

「うん。ずっと連絡は取ってないけど、まだあると思う。俺の分は勝手に売らないと思うし。だから、タクシー代、貸して。一万円あれば行って帰れると思う」

「待って……。待って、茅野さん」

ペルシャ絨毯の欠片があったくらいだ。本体があっても不思議ではない。だが、一かけをあんなにも大切にする茅野だ。簡単に売れるものではないはずだ。

「茅野さんは絨毯、売りたいの？」

売りたかったがバイヤーが見つからなかったのなら、茅野の申し出に甘えさせてもらう。でも茅野の様子はそんなふうに見えなかった。骨董をただの商品として見る人間は、ロケットに入れて大切に持ち歩く真似などしない。

案の定茅野は、販売のチャンスに飛びつくような返事はしなかった。

「ん。そうでもない。もういない人が織ったものだから。でも生きてる人のが大事だし、悠の紹介だから、いいバイヤーさんなんだろ？」

「じゃあダメだ」

「でも、悠はあれが欲しいんだろ？」

「欲しいけど、欲しい理由も訊かないのかよ」

「いらないよ。こんなに悠が何かを欲しがるとは思わなかったから、手に入れてほしいって思っただけ」

困ったように笑って、茅野は悠の頬を人差し指で掬《すく》うように拭《ぬぐ》った。指の腹に雫《しずく》が伝う。気がつかなかった涙だ。

喉《のど》から手が出るほど欲しい助け船だ。

「でも、茅野さんに助けてもらえる理由がないよ」

タオルも布団も食事も、悠は茅野に足りないものに全て値をつけた。茅野がたとえ、絨毯を売った金を、ひととき悠に貸すだけだと言ってくれても、金はいつか返すことができても、手放した品物は簡単に取り戻せないのは悠がいちばんよく知っている。

茅野は少し不快そうな顔で悠を見つめた。

「こんな悠を見てられない。悠があの男と寝るのを黙って見てるつもりもない。俺だって、男だから」

「でも」

「好きだって、言わなきゃダメかな」

「茅野さん」

茅野は普通の声で言った。

「一回家に帰って、腹括《くく》ってから告白しようと思ってたけど、今、悠が好きって言わなきゃダメかな」

「……」

さっきまでなら嬉しかっただろう。茅野の気持ちもわかった。茅野が自分のために絨毯を売ってくれようとしているのも、本当に有り難かった。でも、

「俺を金で買う気なの？」

誤解を受けることならさんざん言った。

悠の返事も待たずに、茅野は先に金を払うという。自分が茅野を好きだと言わざるを得ないよう追い込まれている気がする。

茅野が近藤のような人間だとは思っていない。本当に茅野が今、一文無しでも、自分は茅野が好きだった。

「俺がほしいの？　茅野さん」

尋ねると茅野は呆っ気ないくらい簡単な声で「うん」と答えた。

純粋に悠を思う気持ちも、どんな手を使っても悠を手に入れたい欲望も、本当なのがわかった。いっそ正直で汚らしさはどこにもなかった。

「茅野さん、なんだか金持ちそうだけど、俺は無理だよ？」

「買わないよ。売りたいのは俺の方だから」

絶対誰にも悠を買うことはできないのだと、教えたい悠の声を茅野は遮った。そして落ち着いた低い声で言う。

「好きな人に、泣くほど欲しいものがあるのがわかったのに……俺には出せるものがあるの

に、今出さなきゃ働きたくないどころの話じゃない」

「でも」

「お金貸して、悠。何ならあの時計を質に入れていい。絶対に請け出しにくるよ。悠のことも」

「馬鹿。無理だよ……！」

助けは欲しいが、今言わないのは卑怯だ。どれだけ金を出しても自分は請け出せない。

「がんばるよ」

「無理なんだよ、本当に」

絶対にできない理由があるのだ。今すぐ事情は話せないが、茅野がいくら自分のために心を砕いてくれても、何を捧げてくれても、悠には返せるものが何一つないことを伝えておかなければならない。

首を振る悠の髪を、近藤の指紋を拭うような手つきで茅野が撫でた。

「また査定間違えてるよ」

囁《ささや》く茅野は苦笑いだった。そして少し得意げな表情で言った。

「けっこう期待して。俺、やろうと思えばできる人だから」

五分、いや三分といったところか。

ガレージに駆け込んで道路沿いに車を回す。まさにそれだけの時間だ。歓声を上げて飛び込んできそうな硅太郎が店にやってきた。

茅野と悠をジャガーに乗せ、運転すること四十分。

閑静な住宅街だ。市街地から離れているが、街並みは広く整備され、一軒家が多く、それぞれ庭も広い。

茅野が指示したのは一軒の民家だった。

住宅というと少し違うかもしれない。道路に面した部分は住宅だが、奥に二、三軒、住宅ではなさそうな、平たい屋根を乗せた別棟の建物が見える。店舗らしきものはない。

ちょっと待ってて、と言って茅野は車を降り、一番手前の住宅らしい建物に入っていった。

茅野はすぐに建物から出てきた。茅野を追って、慌てた様子で女性が出てくる。茅野の母親くらいの年齢で、彼女は、硅太郎のジャガーに気づいて玄関から頭を下げた。身内のようだ。

立派な家だった。洋風の住宅を囲む芝。庭が広く、軽トラックと乗用車が収まったガレージがある。ガレージの奥にもスモークの屋根《ポート》が見えたが、その下に車があるようには見えない。何か別の作業のために用意されたスペースのようだった。

ジャガーのためにアコーディオン型の門扉《もんぴ》を開け、茅野は、庭のほうへと入ってこいと手招きしながら、ガレージの前の砂利を奥に歩いた。

ログハウスの雰囲気のある建物だった。玄関の前に木の階段。木造のテラス。だがログハウスというにはすっきりと洗練されていて、デザイナーズハウスのようだった。

茅野は手にしていた鍵《かぎ》で、入り口のドアを開けた。

外部から見るかぎり、住宅というより、大部屋がメインに据えられた、何かの作業場のようだ。外壁の中央に、大きな物を運び出すための引き戸が埋め込まれている。

「どうぞ」

茅野に案内され、硅太郎に続いて木のドアの引き手を受け取る。カウベルが、からん、と丸い音を立てた。

「あ」

踏み込もうとした足元。少しずつ色の違う小さなブルーのタイルが一面に張り詰められた玄関に思わず悠は立ちすくむ。

典型的なエジプトタイル《ファイアンス》。美しい物を見慣れた人間なら、これだけで息を呑む見事なブルーだ。

悠は顔を上げてはっとした。

上がり口に、ペルシャ絨毯がある。

「悠」

先に上がった硅太郎はそれを踏まず、後ろの悠に声を掛けた。踏めない品物なのだろう。

いちばん先を歩く茅野は、奥へと続くおしゃれな磨《す》りガラスの引き戸を開けた。奥は大部屋のようだ。

茅野が部屋の灯りのスイッチに手を伸ばした。パチンという音とともに蛍光灯が点る。

目の前に広がる光景に硅太郎が息を呑むのがわかった。悠も立ちすくんだ。

二人を置き去りに、無造作に茅野は奥へと進む。

床に大きなペルシャ絨毯がある。さすがにこれは悠にも見当がついた。深い色味だ。五十年以上が経過したセミアンティーク絨毯に違いなかった。品質まではわからないが、この大きさでは到底踏める品物ではないのはわかる。見透かしたように茅野が言う。

「遠慮せずにどうぞ。絨毯は踏むものですから」

「ここは……何なんだ。茅野くん」

信じられないというように硅太郎が壁を見回す。床には大きなペルシャ絨毯。壁にも大小の織物が飾られている。

一番奥には二メートル四方の大きな木の枠が立てかけられていた。枠には色とりどりの糸束が掛けられ、経糸が張られて下の方には織りかけの絨毯が見えている。床に広げられた糸束もある。

「輸入……いや、無理だ。贋作……？　いや」

硅太郎にしてここが何かを察しかねるようだ。

「ここは、俺の工房。うちは絨毯職人の家でね」

「あり得ない」

「あるんです。今は話す暇がないけど」

信じられないという硅太郎の言葉を、茅野は簡単に否定する。

茅野は、巻いて壁に立てかけられていた絨毯に目をやった。

「奥から七本は五代前から曾祖母のもの、手前の三本は祖母のもの、一番こっちの三本は俺のもの」

茅野の声に案内されながら、硅太郎が絨毯を見る。

「こんなことは……あり得ない。だが」

呻く硅太郎が最後に目を止めたのは、茅野が織ったという真新しい三本だ。

驚愕《きょうがく》の表情で硅太郎が茅野を見た。

「イスファハンが織れるのか……！」

「うん。未熟だし、何を織ればいいか、まだ見つけられないけど」

――働く理由が見つからない。

――普通の会社で働きたかった。

自分が絨毯を織る理由。茅野はそれを探していたのだ。茅野は硅太郎を見据えながら淡々と言い足した。

「足りないなら本宅の倉庫にまだ眠ってる。家から出たことがない曾祖母のが八本、十八世紀ごろの《お手本》が三本。ロケットの中味の本体だよ」

興奮が冷めやらないような硅太郎は、押し殺した長い息を吐いた。

「理由はあとで必ず聞かせてもらう。買い取りはどれをお望みだ？」

問われて茅野が悠に視線を移した。

「幾ら足りないの？」

「二千万。——だけど、でもこんな」

「二千万円」

とまどう悠の声を遮り、茅野が硅太郎に言った。

硅太郎は後ろを振り返り、絨毯を眺めてまたため息をつく。そして立てかけられた絨毯に歩み寄り、揃えた指を出す。

「ここから、——ここまで」

右から三本目から、曾祖母が織ったというものの数本までを指定した。

「待ってください、硅太郎さん。それは……」

事情に任せて買い付けすぎだ。足りないのは二千万と言ったが、店の物をたたき売ればあと数百万くらいはどうにかなるのではないか。

硅太郎は唸るような声で言った。

「どれでも一本、最低三千万で買う。広げた様子によってはまだ上乗せできる。これから右はすぐには査定できない。コーランやナザミ《インスクリプション》が入ってるから億に届きそうだ、ちくしょう」

「え――」

驚く悠の前で硅太郎は悔しがっている。焦ったようなため息をつき、天井を仰いで携帯電話を取りだした。

「銀示に幾らまで出せるか訊いてみる。ちょっと待ってもらえるか」


即金で三千万。

合わせて六千万もの現金を夕方までに揃えた。

銀行員と茅野に付き添われたまま、硅太郎のジャガーで近藤の事務所にいった。

一千万のブロックを、ティッシュの箱のようにゴンゴンと六つ積み上げてみせると、近藤も事務所にいた他の組員も仰天した。事務所はちょっとした騒ぎになったが、品物はちゃんと出してくれた。

相場の二倍。近藤の言い値にしてもあんまりだが、この品物には替えられない。

硅太郎に店の前まで送り届けられ、茅野と二人でジャガーを降りた。

左ハンドルの窓から、硅太郎は身を乗り出すようにして茅野の手を両手で握りしめた。

「茅野くん。大好きだ。もう愛していると言っても過言ではないと思う。これからもどうぞ宜《よろ》しく。また改めて」

本気で硅太郎は茅野に告げてジャガーで去っていった。

「中、入ろうか」

ぽつぽつと落ちはじめた雨から庇《かば》うように、茅野が悠を質屋の幕の下に追いやった。

「……」

呆然とするばかりの時間だった。

近藤が来てからわずか三時間足らず。

こうして胸に品物が抱かれていてもまだ夢のようだ。

店の框にのろのろと上がって、悠は床にへたり込んだ。

とにかく必死に胸に抱きしめていた品物を、おそるおそる胸から離して眺める。

中味は、金と引き換えるときに確かめた。

間違いない、この品だ。そう確信すると、泉のように急に実感が湧き上がってきた。

取り戻せたのだ。ようやく一つ。

「――……！」

堪《こら》える間もなくぼろぼろと涙が落ちた。

「悠……」

茅野がいたわしそうな顔をするが、嬉しさと安堵で、何も繕えない。

「ありがとう。……ありがとう茅野さん。必ず返します。ありがとう……！」

床に額を擦りつけて礼を言っても、まだぜんぜん足りる気がしない。金や良心では済まないことだ。何を差し出しても悠の気持ちを表せない。

ひとしきり安堵に心を浸してから、悠は不安な気持ちで、目の前にしゃがんでいる茅野に訊いた。

「茅野さんは、本当に良かったの……？」

悠が大切な物を取り戻した代わりに、茅野はかけがえのないものを手放したのではないか。茅野の亡き肉親が心を込めて織った絨毯だ。そんなものを自分のために売ってしまって本当に良かったのか。

茅野は確かめるように、軽く唇を結んだあと頷いた。

「うん。たぶん、ばあちゃんも喜ぶと思う。俺がもう一度糸を織るようになったら、ばあちゃんなら《仕方がないね》って笑ってくれると思うんだ」

考え直しても後悔しないという顔つきで、茅野は優しい声で答えた。そしてゆっくり胸の奥から取り出すような声でいう。

「話してもいい？　俺のこと。……絨毯のこと」

ロケットに詰められた絨毯と、硅太郎が《あり得ない》と言ったあの部屋のことだ。これまで茅野が口を噤《つぐ》んでいた茅野の過去だ。

「うん」

「そんなに大したことじゃないよ？」

ぐっと身構えるような顔つきになってしまったのか、茅野が苦笑いで前置きをした。どこから喋《しゃべ》ろうかな、と考えるような間をおいてから、茅野は話しはじめた。

「……明治時代、日本が鎖国をやめる前後から、諸外国の文化を取り入れようとしてたの知ってる？」

問われて悠は頷く。島国の殻に籠もり、独自であり続けた日本文化という蛹《さなぎ》は、その刺激で爆発的な羽化を遂げた。多くの骨董はそこで生まれ、その時期を越える絢爛《けんらん》な進化は未《いま》だ見られない。

「多くの日本人が海外に行って、海外から多くの技術者が来た。その一人がうちの客人だった。イスファハンから来た絨毯職人だ」

「茅野さんちはホストハウスだったの？」

開国直後から、多くの外国大使や技術者が日本に流れ込んだのは、どの分野も同じだ。文明開化は彼らがもたらしたものだった。一般の家に住み込み、海外の技術を伝えた外国人も多かったというから、その一人だったのだろう。

「今風に言うとそうだね。国の指示で、国内でも一流だったその人を客人に迎え、絨毯を織りはじめたのがうちのひいひいひいひいばあちゃん」

頭の中で指を折るような声音で、茅野は言った。

「あのロケットの中の絨毯は、茅野さんのひいおばあさんのお作なの？」

「いやいや、五代前のばあちゃんになるけど、妖怪じゃないから」

硅太郎が言うには十八世紀の品物だ。二百五十年前、五世代前だというなら最低でも各五十歳代での子孫ということになる。無理すぎる。

「あれは《お手本》の一部。イスファハンから来た先生のお土産だ。日本に来たときはすでに百五十年くらい経過してた品なんだ。ペルシャの宮廷工房で作られて、モスクに収められるような最高級品。国交で来たわけだから、お土産がデラックスだったみたい。でも海を渡ってきたし、当時は湿度管理もよくできてなかった。傷んで絨毯として使えなくなったあとも、ひいばあちゃんたちもばあちゃんも、切れ端をお手本としてずっと肌身離さず持ってた。それがこれ。ロケットに移し替えたのは俺だけどね」

悠は、絨毯の秘密を打ち明けた。

「うちは日本で唯一のペルシャ絨毯屋。他に比べられる職人もいないし、完全に本国とも切り離されちゃって、今の本場イスファハンより、百年前に近い伝統的な柄を織れる。世界中で、たぶんうちだけがね」

流行や新しい技術が入ってこない代わりに、百年前の手法と伝統を頑《かたく》なに受け継ぐ。変化を好まず、伝えられたそのままを維持し抜くのは、伝統工芸が珍重保護される日本では珍しい話ではないが、同業者がいなかった茅野の家は更に特殊だ。

外部からの干渉がない。進化する術《すべ》もない。もはやタイムカプセルと言っていい技術の保存だ。

「先生が亡くなって、ばあちゃんが技術を受け継ぐ頃に戦争が始まって、異国の文化も贅沢な絨毯を織ることも禁止になった。でもばあちゃんは隠れて織ってたみたい。ばあちゃんの作品が少ないのはそのせいなんだ」

そんなふうに聞かされれば、あの並んだ絨毯は何の不思議でもない。

茅野は、じっと話を聞く悠に、寝物語を聞かせるように優しい声で語った。

「戦争が終わって、父さんが生まれて俺が生まれて。ばあちゃんが生きてる間に、俺もばあちゃんから絨毯織りを習った」

絨毯を織る家に生まれ、染料と色とりどりの糸に囲まれ、機《はた》をおもちゃに育つ。茅野の、豊かで色彩に溢《あふ》れた幼児期は簡単に想像がつく。美しいものを見分ける目がそこで培われたことも。

茅野は骨董の目利きだったわけではなく、織物を理解し、糸の績《う》みを、そして染めを知り、美しい彩りを判別できただけだ。彫金や焼き物がわからないのも当然だった。

貴重なことだし、恵まれた環境だ。茅野はなぜそれを捨てたのだろう。

悠の視線に滲んだ疑問を感じ取ったように茅野は答えた。

「子どもの頃から、家の仕事と思って漠然と織ってたけど、ある日ふと、何でこんなことやってるんだろうって思いはじめて。絨毯屋に生まれたからって、なんで俺が絨毯織らなきゃならないの？　って……。ありがちだけど」

「反抗期？」

茅野はゆっくりと額から髪を掻き上げながら、当時の気持ちを探すように、軽く目を伏せて言った。

「そんなもんだと思う。高校になると、みんなが自分で未来を選択して、大学も《文系にいこうか理系にいこうか、地元から離れてどこまで行ける？》ってとこから始めるだろ？　俺は織物のある美大か、染色関係か、いいところヨーロッパの歴史関係しか許されないのに」

「贅沢だろう、そういうの」

気持ちは分かるが、進学できる贅沢を贅沢と思わない茅野を少し傲慢《ごうまん》に思う。だが、茅野は悠が大学に進学できていない可能性も考慮に入れたような言葉を差し出した。

「悠は、自由と、将来の金銭の保障。どっちをとる？」

「……」

大きな荷物を押しつけられれば置きたくなる、手の中が空なら何かが欲しくなる。そういうものだと茅野は言う。

「隣の芝だと思う。でも納得がいかなかった。一度そう考えはじめたら泥沼でさ。もしかしたら、俺はこの柄を織れる地球で最後の人間かもしれないけど、なんで俺がこんな責任背負ってかなきゃならないんだって思いはじめちゃって」

「中二病ってヤツ?」

「まあ、十八のときだけど、そんなもんかもしれない。なんでこんな家に生まれちゃったんだろうと思ったんだ。今考えると馬鹿だし、不満じゃないんだけど、当時はけっこう本気で悩んでた」

「それで、学校は?」

「大学はちゃんとそっちに行ったよ。絨毯屋にならないにしても、特にやりたいことも見つけられなかったし。でも就職活動するときにとうとう本気でわかんなくなっちゃって、家族の反対を押し切って会社に就職したんだ。普通になりたかった。ペルシャ絨毯や、伝統柄を織れるからじゃない。ずっと俺自身の価値が欲しかった」

そういって、悠は頼りない笑顔を浮かべ、真っ直ぐに悠を見つめた。

「悠が、俺に値段を付けてくれるまで」

「茅野さん……」

「マイナス一円だったけどね」

と言って困ったように茅野は笑って続けた。

「俺の値段を迷ってくれたのも嬉しかった。もっと俺自身の価値を上げたくなった。食事をがんばって作ろうかなとか、掃除がんばろうかな、とか」

「下心だったの？」

素知らぬ振りをして、いじらしい献身だ。言ってくれたらもっと価値を上げたのに、と思うが、知らなかった分、今のでバカみたいに跳ね上がった。

「男だから当然でしょ。そうしてたらさ、ふと、《絨毯を織れたらすごくポイントあがるんじゃないか》って思って」

「下心すぎるよ」

「でも本当に、何か理由がないと気の遠くなる仕事だよ。下心でもないと……っていうか、下心があるからいい作品が織れるんだ」

「茅野さんはバカだ」

黙っていればかっこいいのに、尊い伝統秘話も値段も台なしになるような本心だ。

困った顔で見つめる悠に、茅野も戸惑う表情を返してきた。

「悠が見直してくれるなら、惚《ほ》れてくれるなら、もう一度織ってみようかなって思いはじめてたんだけど」

近藤が来る直前、何かを言いたそうにした茅野は、それを打ち明けようとしたのか。一人で茅野に恋をした気持ちになって、茅野を金で計って追い出そうとして、結局茅野の気持ちに助けられている。

恥ずかしいのは、正直すぎる打ち明け話をする茅野より、都合の悪いことを隠して、満足な話し合いもせずに、金でケリを付けようとした自分の方だ。物知り顔の世間擦《ず》れした気分になって、働くことをためらう茅野を見くびっていた。

質屋という物差しをはじめから持っていた自分と、自分の物差しを自分で作ろうと悩んでいた茅野。

自由は無責任だ。物差しから解放される代わりに、すべての責任が自分の人生に降りかかってくる。

電車に乗らなかったのは茅野の方だったのだ。レールに乗らず、歩道を歩かず、茅野は荒れ野に道を切り開こうかと悩んで、立ちすくんでいた。自由の目盛りを刻む覚悟がどれほどのものか知らずに、決めきれない茅野に、訳知り顔で何度も酷《ひど》いことを言ってしまった。

気まずい顔をした悠を、茅野は穏やかに目を細めて見つめた。

「何か、格好いいな。うちのひいばあちゃん」

「……すごいじゃなくて？」

単純にあこがれる言葉だったから、悠は茅野に問い返す。茅野は頷いた。

「自分が織った糸で悠をこんなに嬉しがらせられる」

「――うん」

《糸》という言葉がすごいと悠は思った。絨毯ではなく高価なアンティークでもなく、茅野が糸を織って初めて、糸は物として命を得る。無から有を紡ぎ出す尊い仕事だ。

茅野は苦い笑いを浮かべ、自分の前髪を握りながら言った。

「なんか俺はかっこわるいと思った。言い訳探してばっかりで結局なんにもやってない。悠のこんな顔見てたら、俺にも絨毯織れるんじゃんって。やっぱりカッコイイな、って。……現金だけど」

「茅野さん」

「もう一回織ろうかな」

窺《うかが》うような視線で悠を見ていた茅野は、不意に目を伏せて触れるだけのキスをした。

「俺は未熟だし、織った絨毯はまだ安いけど、いつか立派な一巻きを織れるようになりたい」

間近に問うような視線をした茅野の瞳がある。茅野は静かに囁いた。

「俺が作った絨毯で、悠の笑顔を見たい。たぶん、それが俺の働く理由になるんだ」

茅野はそこまで喋って、涙の残る悠の目許にキスをした。火照《ほて》った頬に……唇に。

ひどい眩しさだった。素性を打ち明けて遠慮が消えた茅野からは、まっすぐな好意と、悠の愛をほしがる心しか伝わってこない。

「好きだ。悠。何て言えばいい？」

「茅野さん……」

「《ここに居させてほしい》？　《うちに来てほしい》？」

まさに魔法の絨毯のように、あれがあれば何でも叶《かな》えられるからと、切なく乞《こ》うてくる茅野にぎゅっと胸の奥を摑まれる甘い苦しさを覚えた。

茅野が好きだ。もう逃げようも諦《あきら》めようもない。

茅野と過ごせたらきっとうまくいくだろうと悠は思う。愛して愛されて、助け合って生きてゆく生活が容易に見える。茅野と生きたい。茅野のものになりたい。

「――でも俺はダメなんだよ」

手札を隠し合うような時間は終わりだと茅野は言うけれど、茅野のカードがキングやスペードだというなら、自分はジョーカーだ。そうでなければクズ札だ。隠していたのは、ただ恥ずかしいからで、もったいぶる気は決してなかった。

「茅野さんにお金払わせといて、今さらこんなことというのダメだけど、俺は」

茅野のものにはなれない。この店を出て勝手に茅野のものになることもできなかった。

悠は心の中から、細い蔓《つる》のように茅野にむかって伸びようとする心を、自分で裁ち切りながら呟いた。

「……出てって、茅野さん」

それが悠の誠実だった。

「悠」

「ロケットは返す。質札も今から出してくるから、出ていって」

「悠は高いって言った。そういうことなの？」

「そうだよ」

「好きな人がいるの？」

「茅野さんだよ」

伸ばしてくる茅野の手を軽く払って、悠は答えた。今さら哀れを乞う言葉を吐いても、みっともないだけだったが、どうしても我慢ができなかった。

「それなら……」

「一千万は、茅野さんの新しい生活に使いなよ。また行き倒れるよ？」

何の問題があるのかと言い掛けた茅野の声を悠は奪った。

駒を買い戻すのに足りなかったのは二千万。茅野が絨毯を売って得た金は三千万。一千万残っているから、それもはたいて悠を助けてくれると言うのだろう。

悠は淡々とした声で何も聞かないと、断りの文句を並べてみせる。

「嬉しいけど、茅野さんと付き合うのは無理。茅野さんに借りたお金はちゃんと返すよ。ちょっと時間が掛かるかもしれないけど、なんとか」

茅野が出してくれた金を受け取りっぱなしにする気はなかった。茅野が、悠の心や許しを求めて絨毯を提供してくれたというのなら、自分は茅野に謝らなければならない。改めて駄目だと言われれば、何とかして金を集めて、硅太郎から絨毯を買い戻さなければならなかった。

「理由が欲しい。悠」

自分の何がいけないのか。なぜ自分では駄目なのか。

好きだというのに、悠が茅野を受け入れられない訳を茅野は訊いてくる。

「俺の都合だよ。茅野さんは悪くない。茅野さんが男だからでもない。本当に、——俺の都合なんだ。ごめんなさい」

声が震えた。涙が零れないようにするのが精一杯だった。

今更、こんなに茅野を好きになっている自分に悠は驚く。茅野と離れること。はじめから知っていた結果が、こんなにも辛《つら》い。

隣に置いてあった品物の箱を前に回し、悠はその手前で畳に手をついて、深く頭を下げた。

「ありがとうございました。茅野さん。一生恩に着ます。借りたお金も必ず、お利息を付けて返します」

他人行儀に、でも心から茅野に礼を伝えて、悠は俯きぎみの笑顔で茅野に言った。

「金庫から質札、取ってくる。ロケットを返すから、受け取りのサインをしてください。二、三日ならいてもいいけど週末には出ていって。茅野さん、家もあるみたいだし」

悠は風呂敷包みの箱を抱いて畳に立ち上がった。

「戻らないよ」

「そこは俺にはわかんない。茅野さんの好きにして」

最大の感謝と自分の愛は別物だ。両方捧げたくとも、悠にはできない事情がある。

「そこで待ってて、茅野さん。すぐに取ってくるから」

「悠」

呼びかけられるのに振り返らず、悠は居間から廊下に出た。

「――悠！」

追ってくる茅野を無視した。涙が落ちないように瞬《まばた》きを堪えて歩く。

茅野が自分を追う声を置き去りにして、奥の引き出しから鍵を取り出し、仏壇の部屋に入る。

馬鹿みたいに今も夢見ている。

茅野と暮らしたこの数日が、もしもこの先もずっと毎日になったら、茅野と恋をして茅野のために生きられたら。

そんなの夢だとわかっているけれど、夢だとわかる夢くらい、自分だって欲しかった。

襖を開け、この間の手順で金庫の分厚いドアを開ける。横格子の引き戸を開け、電灯をつけた。

「悠！」

金庫の前で立ち止まって茅野が叫ぶ。こんなときまで優しいからもう救いがなかった。

悠は、茅野のロケットが収まっていた引き戸を引き、残っていた質札を取り出した。引き出しを閉め、素早く入り口へ向かう。

「……これで自由だ。茅野さん」

握りしめた質札を、茅野の胸に押しつけた。

「サインして、置いて、出てって」

茅野が確かにここにいた証拠を残して、もう出ていってほしい。

短い間だったが、自分は確かに恋をした。

こういうことかと、握った質札に、悠は思った。

質札は、流れる時間の中で、事実を刻む大切なものだと教えられて育った。ここに来た品物は、請け出し金を支払われて店を出ていく。そうでなければ流れて他人の手に渡る。二度と会えるあてもない。

でも質札がある限り、茅野がここにいた証拠は残るのだ。

この質札があれば、一生生きていけると、悠は思った。

これが質屋の恋だ。

目の前から茅野を失っても、恋心は残されたこの札の上に、トイチ以上の暴利で降り積もっていくのだろう。

「……っ……」

何を言われても何も聞かないと、両耳を塞《ふさ》ぎかけた手首を茅野が摑んだ。茅野が自分の手を引いたまま金庫の前を離れようとするのに、悠は我に返って逆らった。

「茅野さん！　離してよ」

「悠が、好きにしていいって言った」

「そういう意味じゃないって！」

「俺がここにいるのが駄目なら俺と来てよ」

「駄目だって、茅野さん！」

容赦なく手首を引っ張る茅野から、必死で手首を引き戻しながら、反対の手で軽く開いた金庫の横格子を摑む。茅野がそれに、かっとしたような声で言った。

「店を捨てろって言ってるんじゃない。何で悠がそこまで一人で質屋を続けなきゃならないかわからない。それとも他所《よそ》で借金作ってきたら、俺はここにいていいわけ!?」

「そうじゃない！」

「店の皿割りまくったら俺はここにいていいの⁉」

茅野ならやりかねないことを問いただす茅野に、悠は俯いて首を振った。

自分の一生を寂しく思ったことはある。

だが、実の父をこれほど恨んだのは初めてだった。

「大好き……。茅野さん」

悠は、片手を茅野に握りしめられ、片手で鉄の格子に縋《すが》ったまま、ゆっくり床の上にへたり込んだ。

誰のものにもなれない。ここを出ていけない。

悠は小さな声で自分の正体を打ち明けた。

「――俺は、質草なんだ」


――理由が欲しい。

そう言った茅野に理由を与えた。

約束どおり茅野は手を離してくれて、金庫の前に座り込んだ悠を静かに見下ろした。

言えなかった理由を吐き出して、少しぼんやりとした。

その間も、茅野はせかさず悠が動けるようになるのを待っていてくれた。

「大丈夫？」と問われ、悠は茅野に頷く。差し出される茅野の手に首を振って、悠は鉄の横格子に縋り、のろのろと立ち上がった。

またひとつひとつ、金庫の扉を閉じていく。悠の心を海に沈めてゆくような作業を、茅野は心配そうに見守ってくれていた。

居間に戻ろうかと思ったけれど、居間は《質屋》が住む場所だ。質草が居るべき場所はこの金庫か、値にならないものはあのお化けの部屋だ。

金庫の扉から少し離れた畳の上に悠は座って、茅野が座るのを待った。

薄暗い部屋の中、茅野が静かに目の前に腰を下ろす。

「……」

質屋の風上にも置けないくらい、茅野の前で本音をぼろぼろ零してしまって、もう取り繕う気力とか、強がってみせる見栄が心の中に見当たらない。なんとかうまく言い訳をと思うけれど、とっさに思いつく嘘よりも現実のほうが少しは笑えて、現実味がないから酷い。

気怠く曇った気分で、悠は、悠が黙っていたら何時間でも待ってくれそうな茅野に、質屋を出られない理由を話すことにした。

どうせ一緒に居られない身の上だ。惚れた男にくらい、自分のいちばん惨《みじ》めな部分を見せずに別れられればと思ったが、今は少し違う。

自分から話すことは一生ないと思っていたことだった。でも今は茅野に話したかった。自分が茅野を諦める理由をわかって別れてほしかった。

茅野は悠が切り出すまでじっと待っていてくれた。我慢強い優しさに惚れ直して、こんな性格だから、真面目すぎて絨毯から逃げたり、簡単に会社も駄目だと思い込んだりするのだと、このあとの茅野が少し心配になった。そんなところまで好きだった。

「店主の振りをしてここにいるけど、俺は質草だ。金も払わずに、勝手に誰かに請け出されるわけにはいかない。誰かのものになることもできない」

深刻な声で悠が言うと、茅野は短く考えてから悠に尋ねた。

「幾ら都合をつけたらいいの？」

「金がほしいって言ってるんじゃないよ」

そう訊かれるだろうと思っていたが、声にされるとひどく痛い。

近藤とのやりとりを聞いていただろうし、自分を抱きたいなら金を払えと言われたのだと、勘違いしたのかもしれない。

「誤解しないでよ。俺だって、自由になるなら茅野さんとつきあいたい」

「幾ら」

賢い茅野は、悠が差し出すのは条件ではなく理由なのだと察して、低い声で訊いてきた。

「幾らあったら、悠は自由になれるの」

本気で真面目《まじめ》に訊いてくる茅野に、悠は歪《ゆが》んだ笑いを浮かべた。

「金額を聞いたら請け出さなきゃならないよ？」

脅す声音で言った悠を、茅野は真っ直ぐ見つめてきた。

近藤が思わせぶりに悠をからかったあと、戯《たわむ》れに問いかけてきた茅野に《高い》と告げた。無理だと教えた。

あのときと状況は違うし、茅野に資産があるのはわかった。でもそれでも何も変わらないのだ。自分は高く、なにより、そんな金額を払うにふさわしいお宝でもない。

金額を言って、それは無理だと諦められたら本当に救いがないから、誰にも打ち明けたことがなかった。

茅野が目を伏せた。悠も絶望をいっぱい溜めた目を伏せると、茅野は軽く吸うだけのキスをして囁く。

「一生かけて」

誓われて、畳の上に雫が落ちた。悲しいけれど幸せだった。

茅野がどれほど払えるかわからない。もしも悠が今にも死にそうなら、本宅に厳重に管理されている《お手本》まで持ち出すと言ってくれることもわかっていた。それだけは絶対受けまいと思っていた。

茅野がもしもできないと言っても、茅野のものになれない理由を告げたかった。

傷つく覚悟ならした。請け出せるわけがない。請け出す価値がないところが、自分のいちばん悲しいところだ。

「おれは高い、って言ったよね……？」

悠は少し笑って——うずくまりそうに小さな声で自分の金額を告げた。

「……四億二千万円」

それを聞いた茅野は、驚くことも笑うこともせずに、ただ痛ましそうな目で悠を見つめた。

こういう噂《うわさ》は必ず漏れる。金融業より、信用に重きを置く世界だ。先代の実子でないことは調べなくともすぐにわかる。その経緯だって簡単に人に知れてしまう。

生まれた家から籍は抜いていなかった。先代と名字すら違う。近藤が自分を侮辱したのも、自分が先代の子どもではなく、悠が売られた子どもだと知っているからだ。

「俺は、ここの子どもじゃない。五歳の時に、質入れされた、この店とは赤の他人の子どもだ」

まだ幼い子どもで、そのころは自分の身に何が起こっているかわからなかった。

幼稚園から帰ると家で毎日誰かが言い争っていて、父と母が喧嘩をするのが嫌でたまらない日々だった。

窓ガラスが割れて床にガラスが散らばったままだった。キッチンで皿が割れる音がする。

ソファの陰に隠れ、父の怒鳴り声や、男の言い争う声、母の悲鳴に耳をふさいでいると、急に父親が悠の腕をつかんだ。

「父は会社を経営していてね、事業を失敗して倒産寸前だった。取り立て屋や銀行員が何人も家にいるって状況だ。……不渡りの時間まであと数時間だったらしい。とにかく一円でも金がほしかった親父《おやじ》は、俺を質屋に……この店につっこんだんだ。文字通り人質ってやつだ。迎えは来なかったけどね」

――コイツで金を出せ。一円でもいい。

質屋の床に突き転がされた。

父親がヒステリックに何かを喚《わめ》いていた。悠の耳には意味の分からない癇癪のようにしか聞こえなかった。

売られるのだと子ども心に理解した。

和服に下駄の、小柄な老人が店の奥から下りてきた。悠は床に這いつくばったまま、そのしわがれた老人を見上げ、これが、夕方まで遊んでいる悪い子どもを攫《さら》いにくる《人買い》という男なのだと思った。

値踏みするような声で老人は父親に訊いた。

――お幾らあったら会社は助かるんでしょうか。

その声は、一生忘れない。

――よござんしょ。四億二千万円、即金で。

何ができるわけでもない、ただの子どもだった。両親は決済資金を掻き集めるのに必死で、悠は数日ものも食べていなかった。

「何にもできないただのガキだった俺に、先代はそんな値段を付けてくれたんだ」

――期限は設けません。請け出す気になったらいつでもおいでなさい。

そういって先代は悠を引き取った。

四億二千万円。その金で父の会社は倒産を免れ、今も元のビルで営業を続けているらしい。

「この店は歴史も長い。商売柄資産もそれなりだった。でも四億二千万は無理だよ。旦那さんは……っていうのは先代のことね……店の大事な宝物を売り払って、この店を担保に借金をして、俺を買う金を用意したんだ」

「その将棋の駒も……？」

「そう。うちから出た品の一つ。俺はそのときの借金を返しながら、先代が売り払った品物を探して買い集めてる」

先代は、最後まで自分に《お義父《とう》さん》と呼ぶことを許さなかった。

父親に置き去りにされて怯《おび》える悠を、先代は大切にしてくれた。服を見繕い、食べものを与え、痛いところはないか、年は幾つか、一人で寝られるかと訊き、身体中についた擦り傷を宝物を補修するような優しさで手当てしてくれた。

――遠慮はいらないよ。質草が大切にされるのは当たり前だろう。

預かっている間、質草を大切に保管し、持ち主に返すのが質屋なのだと先代は言った。早くに妻に死に別れたという先代には、跡継ぎがいない。店を継がせるのに都合がいいはずの悠を養子にしなかったのも、いつか悠が望んだとき、家族の元へ帰れるようにとの配慮だ。

——花を預かったら水をやるのは当然だろう。

先代は気むずかしい人で、だが本当に優しかった。

父の会社が荒れてから顧みられることがなかった悠に、満足な生活を与え、学校に通わせ、里親の手続きまで取ってくれて、請け出しにきたら返すのだと言いながら、悠に目利きの知識を一からたたき込んでくれた。

家族はもう迎えにこないと、悠が静かに諦めたのはいつ頃だっただろうか。

先代は、預かったときから《必ず迎えにくる》と悠を慰めることもなかったし《おまえは捨てられたのだ》と言い聞かせることもなかったが、質に入れられた日のことや、あれ以降全く音沙汰《おとさた》がないことを考えても、先代が、あの父親が悠を迎えにくることを信じたとは思えなかった。

何年か経って、おとぎ話を諦め、現実を知る頃、どうして自分なんかを質草に、四億二千万円もの金を出したのかと訊いたことがある。

先代は、痩《や》せた着物の肩越し、いつものちょっと気取った気難しそうな横顔を見せながら答えた。

――質屋の心意気さ。

そう聞かされたとき、悠は決心したのだ。

この店を守ろう、そして、自分の為《ため》に失われた品物を取り戻そう。先代について必死に目を磨き、二年前、先代が病で亡くなってからも、この先も一生この店を守ってゆくと決めた。

この店の店主を続けながら、売れない質草として生きていくのが自分の運命だ。

「今もこの金庫の中には、四億二千万円の俺の質札が入ってるよ」

《一金四億弐千萬円也。保久原隆様《ほくはらたかし》》

請け出し期限日が空欄の、父の名前の質札が十九年前からここに眠っている。

「悠」

茅野は、悲惨な悠の過去に、かわいそうだとも、先代が良い人でよかったとも言わず、ただ小さな子どもを哀れむように髪を撫でた。どこか先代に似た手つきに、懐かしさとともに込みあげる涙をこらえながら悠は続ける。

「でもね、茅野さん。俺がいらないものなのは、俺が一番よくわかってる」

「悠。そんなこと……」

「慰めならいらない。客観的に考えてほしい。五歳で、働けもしない何の才能もない子どもだ。生活させる金はかかっても一円の利益にもならない。売ることもできない。四億の価値なんて絶対にない。本当に、がらくただ」

子どもの未来とか、人徳とか綺麗《きれい》なことならいくらでも言える。だが実際問題として、子どもの自分が、質屋にとって何の価値もないことは明らかだし、もしも先代が人身売買をするような人間だったら、はじめから四億円など出さない。

あのときの父親は、親の責任や人道を説いても聞き入れられる状態ではなかった。

質入れを断れば、そのあと悠は何らかのひどい目に遭《あ》っただろう。だからといって中途半端な値を付ければ、味をしめて何度も悠を売りに来たのだろう。今ならわかる事情だが、それにしたってひどい金額だ。店の生き死にを賭《か》けた、覚悟の上での目利き違いだった。

「茅野さんが覗いたあの部屋にいるのは、俺の仲間だ。捨てられたもの、売れないもの、壊れたもの、価値がないもの。そう思ったら捨てられなくなって、どんどん溜めてしまって、あんな部屋になった」

はじめは、小皿だったと思う。目利きを間違えた安物で、ヒビがあるのに気づかなかった。店に出しても売れるはずもなく、捨てるしかなかったのに、どうしても捨てられなかった。

「俺はあそこにいるべき質草だった。自分を捨てるのは怖かったんだ」

泣いて慰められてしまったら、もう立ち直れない気がして、悠は笑った。苦くなった。

「うちが買い取りをやらないのもそのせいだ。いらなくなったって持ち込まれるのが辛くてね」

このご時世だ。買い戻しの件もあるから悠も金は欲しかった。だが頑なに質屋の決まりを守り、リサイクルショップとは違うのだと言い張り続けたのは自分のためだ。犬猫を持ち込む保健所のように、二度と顧みられないものを置いていかれるのが嫌だった。新しい持ち主が見つかるのをのんびり祈るほど、自分は強くない。

「悠はいらなくない」

「うん。今はこの店を守らなきゃならないと思ってるし、品物も取り返したい。でも俺が質草なのは、今も変わらないから」

この店で店主のふりをして、質屋として幸せに暮らす。自分に許されたのはそれだけだ。質ののれんを、先代を裏切れない。誰かのものにはなれない。

「だからごめんね、茅野さん。俺は、茅野さんのものになれない」

「俺が請け出すよ」

「おばあさんたちの絨毯を質に入れて？」

それは傲慢だと悠は笑った。

鑑定はしていないが、硅太郎の見立ての口ぶりからすれば、かなりな金額になるに違いない。たとえばその金で買われて、茅野のものになって、悠についた四億二千万の質札や、この店を担保に、銀行に限界まで借りている金がきれいになって、茅野に助け出されても、それは自由とは違う。

一生すまなく思うだろう。茅野に対して今以上の引け目を背負って生きてゆくことになる。そんなことになるくらいなら、今ある責任を背負いながら、せめて心だけは自由に茅野を想っていたい。

茅野は、困ったような顔をして、優しく悠に言い返した。

「俺はばあちゃんっ子だったけど、ばあちゃんが生きてたら、俺が好きな人のことも、そのために絨毯を売ることもきっとわかってくれると思うけど……そんなの、俺が嫌だよ」

金を払えばすむのだろう？　と説得しに来るのだと思った茅野は、茅野の気持ちでそれをしないと言う。

「悠が今にも死にそうなら、仏壇に飛び込んで、ばあちゃんたちにお詫《わ》びを言って絨毯を持ち出すけど、悠が決めた生き方を、ばあちゃんたちに買ってもらうような真似は嫌だ」

差し迫った命の危機ならともかく、自分の恋愛は自分で勝負するのだと茅野は言う。

茅野は、窺うような声で囁いた。

「質に入れたいのは俺の未来なんだけど」

「茅野さん……」

「どうかな。今はまだダメだけど、将来いい絨毯職人になるよ？　だから悠の中に入れて。金にならないなら、そこが悠自身だって言うなら、あの部屋でいい」

ガラクタの部屋が悠の住処《すみか》というならそこがいいと、茅野は言う。

「茅野さん」

「ダメかな。俺はやればできる人だと思うんだけど」

もう断る理由が何もない。将来、悠ごと自分の未来を請け出したいと願う男の、たっての願いを断るとなれば質屋の名折れだ。

悠は生意気に笑って見せた。変な泣き笑いになった。

「新米の絨毯屋なんて二束三文だ」

あとはせいぜい査定で抵抗をしてみせるしかない。

涙が流れた頰にキスをしてくる茅野を睨《にら》みながら答えた。

「糸の染めもできる。俺しか織れない、ばあちゃん直伝の柄もある」

「たとえ糸を染めたって、売れないと価値がない。柄の著作権も五万ってとこだね」

「安い！」

「茅野さんが考えたんじゃないだろ？」

「柄がわかっても織り方は秘密なんだよ」

「十五万」

「じゃあ、オリジナルも考えるよ」

ゆっくり畳に倒されながら悠は悪態をつく。

「茅野さんのセンスか。将来を計ってもせいぜい三万ってところかな」

「辛いな」と呟《つぶや》く茅野が、悠の首筋に長く唇を押し当ててきた。肌の温度を確かめるだけのキスだ。

「……ねえ、茅野さん」

その感触にふと思いあたって悠は尋ねた。

「なに」

「お皿割ったとき、茅野さん、俺にキスしなかった？」

背後から、襟足に。押しつけて息を止める感触がひどく似ていた。

「うん。悠の襟足がとてもきれいだったから、どさくさに紛れて」

「紛れてねえよ！」

あの感触はけっこう迷った。茅野に恋をしているから、勝手に疚《やま》しい想像になってしまうのだと思っていた。だが、同じ事をされれば嫌でも記憶は蘇る。やはりあれはキスだった。

「そのキス代。無断だから一万円もらう」

唸るように悠が言うと、挑む視線で茅野が見つめてくる。

悠の髪に指を通しながら真顔で囁いた。

「じゃあ、気持ちいいこと一時間三万円、セックスのたび必ずイかせてやる」

「一回二万。茅野さんも気持ちいいんだろ？」

「それを差し引いてだよ。もっと気持ちいいことも教えるし」

「それ!?」

と悠の腿《もも》にぐっと押しつけられる硬いものに、悠は茅野の肩をぐぐと押し返しながら二人の身体の隙間を覗き込んだ。

「いいと思うけど」

「……一万五千円」

「なんで値が下がるんだよ！」

「デカイじゃん。無理だって！　本当は一万二千円。痛くしたら慰謝料をもらう」

「少しは夢見ろよ！　二万五千円！」

「んな甘い考えだと絨毯屋なんてあっという間に潰れるよ？」

「伝統工芸甘く見るなよ？　週に三回でええと」

「死ぬって！」

「だいたい月六十万で……」

「計算がおかしいよ！」

「一回につき二回はやるだろ」

茅野が真顔で計算しているから、口を挟むことができない。茅野は畳みかけた。

「甘い数字出すなって悠が言ったんだろ？　年間七百二十万円。あと十年はできる」

「……ぷ」

「それくらい夢見させろよ！」

思い切り馬鹿にした声で笑ってやると、焦った茅野が言い返した。

「……本気なの？　茅野さん」

「当然。これで七百二十八万円。……くそ、まだ足りないな」

指を折って真顔で計算している茅野を笑っていたら、また涙が滲んできた。

上から覗き込む茅野は、愛《いと》おしそうに目を細めて囁くように言った。

「働く。時給幾ら？」

「六百七十六円」

「上がらないのかよ」

「目利きもできない掃除手伝いにそれ以上払えないよ」

「飯作るよ」

「八百円」

「まあいいか。八百円の八時間労働で、三百六十五日。幾らだ」

「二百三十三万六千円」

この程度の暗算はお手のものだ。茅野は厳しく顔をしかめた。

「九百六十万ちょっとってところか、そんな金額じゃ俺は売れねえよ。もう一声」

「九百八十」

「けちだな。よそに持ってくぞ？」

床に倒れた悠の耳の横で、指を絡ませながら、老女に見せた優しさを自分にも見せろと茅野は催促する。

「かっきり一千万円までだね」

高いならいらないと突っぱねたいが、茅野は欲しい。誘うように少し譲った。

もっと値を積んでくるのかと思った茅野は切なそうな顔をして、悠の身体に重なったまま静かにキスをしてきた。

「俺はそのくらいの価値しかないの？」

腰を抱き込み、切なく問いかけて、深く唇を合わせてくる。

「俺の価値は、悠にとって、それくらいしかないのか？」

舌先がまだ、微かに触れあったまま、色っぽく目を伏せて茅野は問う。

「バイヤーよりタチがわるいよ、茅野さん」

「俺の絨毯には将来プレミアもつくよ？　百年後くらいからだけど」

困り果てて呻く悠に、唆《そそのか》すように茅野は囁く。

ペルシャ絨毯は、二十五年を過ぎればオールド、五十年を過ぎればセミアンティーク、百年を過ぎれば本格的なアンティークとなって価値が跳ね上がる。今は《珍しい種類の織物》という価値しかないが、茅野が織った新品がアンティークとなって取引されれば莫大な値が

つくのはわかっている。ただし、百年後に。

「先物取引はしないんだよ」

「絶対儲かりますよ、奥さん」

「どこの詐欺だよ」

「営業だったって言っただろ？　詐欺じゃないよ」

笑って茅野はキスをする。茅野と重ねた脚の膝を立て、戯れるように腿をすり合いながら茅野と囁き合った。

茅野が悠の頬を両手で包んで、額を合わせてくる。ひどく穏やかで真摯《しんし》な眼差《まなざ》しで茅野は問いかけてきた。

「わかった。俺の心の金額で。幾ら？」

「査定できないよ……」

「じゃあ、目一杯つけて」

「……うん」

自分の負けだと、悠は思った。

茅野を査定できる目が自分にはない。恋に目がくらむとはよく言ったものだった。しかも査定ができても買い取れる金額でもない。茅野の心は、そして未来は、こんな自分でも、いつかここを出られるのではないかと思うほど眩しかった。

悠を傷つけてまでこの店から引きずり出さず、その代わり、自分を悠の心の中に入れろと茅野は言う。

金利はトイチだ。入れてしまったら出せなくなる。それまで見越して茅野は自分の値を決めろという。

「入れた金額じゃ請け出せないよ？」

「わかってる」

「品物がない質は高いって言ったよね？」

「——必ず請け出すから、トイチでもいいよ」

畳の上に抱きあって、いくらでもふっかけてこいと熱っぽく茅野が囁いてキスをするのに、いつの間にかついてきて、こっちを見ているトイチが、にゃーん。と返事をした。

「……」

畳に転がって茅野と抱きあったまま、少し驚いてトイチを眺め、同時に噴き出した。

居かたがわからなかった。

茅野と台所に一緒にいるだけだが、何となく落ち着かない。

フライパンは茅野が握っている。刻む物も残っていないし、洗い物も済んだ。取り皿も箸《はし》も出した。炊飯器のスイッチは押したから、茅野のそばに立って、鮮やかな茅野の手つきを見ているだけだが、何となく居心地が悪い。

むこうで待っていようかと思うが、離れがたい気もする。グダグダ考えていると頭の芯がじりじり煮えてくる。

これが恋かと思うと、本当に愚かだと思うが、こんなに困っているのに側《そば》にいたいのだから仕方がない。

「……」

「おなか空《す》いた？」

料理中の茅野が、ときどき肩を傾けてキスをしてくれるから、なおさら居心地の悪さと恋しさが増した。

「大丈夫。それ、何の料理？」

じわりと熱くなる目許をごまかすように悠は訊いた。

「なんだろうね。インドの友だちが教えてくれた炒め物。ご飯にのっけると旨いよ？」

オクラとトマトとナッツ。赤と緑が色鮮やかなスパイスの利いたエスニックだ。

「インドの人もいたの……」

「うん。大学の中でも割りと多国籍だったな。大学のころに住みはじめたシェアハウスなんだけど、卒業しても結局皆そこに居着いちゃってね。染物作業するから普通のアパートに入れないいんだ。インドの更紗《さらさ》から茜や藍染《あいぞ》めまでもう色々」

「そこに茅野さんのペルシャ」

「そう。皆キッチンで染料を煮出すから、もういろんな草の匂いでものすごいことに」

「キッチン……で？」

「うん。たまに間違えて食べちゃったりね」

「ええ!?」

「まあでも、草とか虫とかだから、助材《ハイドロ》混ぜる前なら死なないっていうか」

「虫!?」

「うん。ペルシャはベニバナとか柘榴《ざくろ》、ターメリック、イチジク、藍、芥子《ケシ》と植物系の他に虫も使うんだ。エンジムシとか。繁殖させんのが面倒だから、今はすでに磨り潰して染料になったのを使うけど、学生のころはちょっと繁殖させてた。コチニールって聞いたことがない？　絵の具のカーマイン《あ か》の素。口紅とか食品にも入ってる」

「……」

不思議の国のどころか、隣の鍋で虫を煮ている恐怖の台所だ。

「虫……」

「これには入ってないよ」

思わず息を止めて呟く自分に茅野が笑った。当然だと笑うと、茅野がまたキスをした。

「……ようやく笑った」

「茅野さん」

あまりにもいっぺんにいろんなことがありすぎて、どうしていいかわからない。

「《涼平《りょうへい》さん》？」

名前で呼べと誘いかける茅野に、居心地悪く悠は目を伏せる。

「……慣れたら、ね」

本当は呼んでみたい。でも急にそんなところまで許したら、こんどこそ息ができない胸の奥まで茅野が入ってきてしまう。

近藤が品を持ち込んだ後のパニックが治まったら、今度は茅野への気持ちを持てあます。

一人きりだった家に、人がいるのも、それが恋人と呼んで心を預けられる人なのも、不安と安堵がめちゃくちゃに混じり合って自分の胸の中にうまく収まらない。

笑ったせいで力が抜けたのも一瞬で、またいたたまれなくなってくる。

これがずっと続くのだろうか。幸せを選んでいいのだろうか。本当に？

暖かく優しいはずの幸せが、胸に苦しくせり上がって涙で零れそうだ。

悠がまた眉根を寄せてしまう前に、茅野が言った。

「ねえ、悠。もう一つ打ち明け話をしていい？」

「虫が入ってたら食べない」

鮮やかな黄色い香辛料からは、カレーっぽいスパイシーな香りがしていたが、もしも虫からできた香辛料が入っていると言われたら、どれほど美味《おい》しくとも遠慮したい。

そうじゃないよ、と、茅野は笑った。

「俺ね、実は前から悠を知ってた」

「そうなの？」

「営業って言ってただろ？　小売店とか事務所を廻《まわ》るんだけど、このへんの商店街にも来たことがあるんだ」

「……ごめん、覚えてないよ」

スーツを着た茅野。と、想像して思い出そうとしてみたが、質の査定には絶対に来たことがないはずだし、飛び込み営業で商品を勧められた記憶もない。

「朝、たまたま通りかかったときに、悠が店の幕を張ってたのを見たんだ」

「表の《質》？」

「そう」

朝、開店前、いちばんはじめに張る藍染めの、あの布幕だ。

「すごく楽しそう……って言うとちょっと違うけど、……いいなと思った。仕事をしたい感じがいっぱいで。仕事が好きそうで」

憧れるように茅野が言う。悠は自分の心に正直に答えた。

「質屋の仕事は嫌いじゃないよ。やる気は持たざるを得ないしね」

毎日が戦いだ。気を張って、品物を見誤らないように、いい客が来るように、不幸な客が来ないように、情に流されないように、探している品物が見つかるようにと祈りながら張り出す幕だ。店ののれんだ。

「一目惚れだった」

ぽつりと言った茅野に、まさか、と悠は思った。

「うちで倒れたのはわざとだったの⁉」

中に上がり込みたいために——自分に声を掛けたいがために、茅野はわざと瑠璃やの前で倒れたというのだろうか。

「そうじゃないって！」

慌てて茅野は否定した。

「だから《打ち明ける》って言っただろ？」

と茅野は弁解のような声を出した。

「それが……半年くらい前かな。それから何かと用事を作って、こっちに来る仕事を見つけて、得意先を作って、悠が幕を張る時間に合わせて、ここを何度も通り過ぎてた。そこの《ティオニ》って店知ってる？」

向かいの通りの奥まった建物の二階にある、オーガニックカフェだ。地卵のほろほろクッキーと、あっさりした焙煎のコーヒーが旨い。

「夕方はそこから眺めてたり」

「気がつかなかった、……っていうか、地味だね」

「ゲイの恋なんてそんなもんだから」

軽く茅野は言い切った。

滅多なことでは告白できない。見守って憧れて満足するのが関の山の恋を、ずっと茅野はしてきたらしい。

「そうしてるうちに、会社を辞めて、カフェに入るお金もなくなって、どうしようかな、なんて考えながら、いつもの時間にこの辺を通りすがってたら、たまたま……」

「それってたまたまって言うの？」

「うん。その日通りかかったらもう幕が張ってあって」

茅野が来た日を悠は思い出した。

梅雨《つゆ》の終わり。朝から雨の降り止まない一日だった。

「雨の日は、お客さんが濡れると嫌だなと思って、早めに張るんだ」

慣れた客は、雨の日ならなお勢いよく飛び込んでくるが、質屋の店先で入店を迷う客は多い。葛藤《かっとう》する客が万が一にも雨に濡れたりしないよう、雨の日には早めに幕を張るのが気遣いだ。

「雨が強くなってきて、悠が幕を仕舞うのを待とうか、諦めようか考えてたら、動けなくなっちゃって」

「働かないからそうなるんだよ」

「うん。なんかテンパっちゃってて、最後にひとめ、悠を見てから死のうと思って、玄関から中を覗いているうちに……」

「茅野さん、ときどきすごく大げさだよね」

感情がわかりにくいくらいひょうひょうとしているくせに、働く理由を思いつめたり、遠くから盗み見るだけの自分の姿を待って行き倒れたり。

「好きになったから仕方がない」

と笑って茅野がまたキスをした。

「実際会ってみて、俺がこんなで、幻滅しなかった？」

苦笑いで悠は訊いた。外見に惚れたというなら、いきなり叱られ、身ぐるみ剝がされ、金目のものを巻き上げられそうになって、ぱっと見た感じより、ずいぶん性格は酷かっただろうと思う。

「いや、すっごくハキハキしてて惚れ直した。ベッドでは、すごくかわいいし」

照れくさそうに茅野は言った。釣られて悠も困ってしまう。

「茅野さん、するっとそういうこと言うよね」

淡々としていると思ったら、そのノリのまま、いやらしい口説《くど》き文句をさらりと吐く。

「もっと悠のあんな顔見たい。笑ってほしい。自分からこんなに一生懸命手を伸ばそうと思ったのは初めてだった」

ひどく満足したように茅野は目を伏せた。

「傷つくのが嫌で、離れて見てるのに満足してなくて、本当によかった」

「茅野さん」

恋からも、絨毯からも。ゆるやかに寂しい傍観者の立場を捨て、近寄って手を伸ばして触れてみてよかったと、茅野は言う。

「こういう気持ちを織ってけばいいってのがわかったんだ」

「それもちょっと大げさ」

困った声で悠が言うと、確かな笑みを浮かべて茅野は答えた。

「大げさじゃない。一メートル四方の中に百六十万回、ひとつひとつ気持ちを結んでいくんだ。誰かを心底愛してないとできないよ。死ぬまでに必ず一億越えの絨毯を織ってみせる。本当に期待して」

気の遠くなる密度で悠への気持ちを織り上げていったら、一億を越えると茅野は言ってキスをする。

風呂上がり。シャンプーで湿った髪を掻き上げ、パジャマ姿の悠は、和テーブルに肘をついて長い息をついた。

茅野とセックスをする——。

不自然なことじゃない。恋人同士で、子どもが欲しいわけでもないから間違いでもないと思う。

現代では一般的ではないが、日本には古くから衆道とか小姓とか、陰間という職業まであったくらいだ。男と寝たところで驚愕の禁忌、命がけの背徳ではないはずだ。

中東なら事情は別だが、日本は昔から同性愛に寛容で、たしなみと呼ばれた時期もあり、寛文五年《一六六五》、楳条軒の『男色二倫書』の中の《よだれかけ》巻五にはすでに男同士の色事の様子や、年齢ごとの価値が事細かに記されていて、中野太郎左衛門蔵と同じ写本なら二百三十万円から、更にそれを活字に起こしたものとなると一九六三年の——、

「……」

とまで考えて悠は頭を抱える。行為の歴史やそれを記した写本を値踏みしてどうするつもりだ。捕らぬ狸のなんとかにすらならない、どう考えたって逃避だった。

茅野と一番近くなりたくて、いちばん濃密に触れあいたいから、セックスという手段を選ぶ。茅野だけに身体の中を許したい。粘膜で擦《こす》れあいたい。

過去に女性としたことがあるから、ゲイというのとは違うかもしれないが、今いちばん、特別な部分を許し合いたいのが茅野なのだから、ゲイかもしれないし、そんなことどうでもいいのかもしれない。

「……よし、腹を括れ、俺」

たかがセックスだ。もう二十四だ、他人もしていることだ。

稚拙な贋作を本物のゴッホだと見誤って、銀示が止めなかったら大枚を叩《はた》くことを決めそうになったときや、ヤクザの組長に、八千万で買ったと言って持ち込まれたロレックスが中国製だったことを告げるときに比べたら、覚悟と言うにもたわいない。

茅野といちばん親密なことをする。ちゃんと欲情もある。

「……」

頭の中にさんざん自分を納得させる理由を並べて呟いてみるが、あんまり効果はなかった。

茅野に突っ込まれるのは、この間の延長だと思えば、もしかしたら大丈夫なのかもしれないと思った。

茅野に突っ込むことになったら、俺はどうすればいいんだろう。

茅野が教えてくれるだろうか。何とかなると思っていいのだろうか。とりあえず勢いで布団に飛び込めば大丈夫なものだろうか。

「……」

想像力が足りず、何を深刻に判断すればいいかわからないのに困りながら、茅野が風呂から上がってくるまでに、本当に何でもいいから決心しようと思ったときだ。

風呂場のほうから、物音が聞こえた。

もう上がったのだろうかと、悠の髪が乾く間もない短さに悠が顔を上げると、廊下からものすごい勢いの足音が聞こえはじめる。

悠が居間の入り口を見ると、パジャマのズボンだけを穿《は》いた茅野が、濡れそぼった髪をタオルで拭きながら部屋に入ってくるところだった。ぽとぽと雫を落としながら裸足《はだし》で畳を真っ直ぐ歩いてくる。

「茅野さん、雫がまだ――え」

何か怒っているのだろうかと思うくらいの勢いで、茅野に腕を摑まれ、悠は驚いて茅野を見上げた。茅野は「立って」と悠の腕を引き起こし、慌てて立ち上がる悠を引っ張りながら廊下に向かう。

「か、茅野さん？　どうしたの」

真っ直ぐ廊下の奥へ歩く茅野に引きずられながら、茅野の背中に訊く。茅野は振り返らず、切羽詰まった声で言った。

「ごめん。俺ね、すっごいがっついてると思う」

「宣言されたって困る！」

縺《もつ》れる足で歩きながら、悠は訴えた。それでも茅野は振り返らない。

「じゃあ黙っとく」

「解決になってないからそれ！」

聞かされたって怖さが増すだけだし、今さら黙られたって何のフォローにもなっていない。

茅野の真面目すぎる横顔が、何を考えているかわからなくて余計に怖い。腕を摑んでいた茅野が、悠の手首を握りなおす。振り払えないくらいの強さだ。血がせき止められて、爪の先がぴりっと痺《しび》れた。

「……っ……！」

幽霊の部屋の前を通るとき、茅野がぎゅっと手に力を込めた。お化け屋敷の中で手を繋ぎ合うような微笑ましさが、なんだかおかしくて――泣きたいくらい心強かった。

「……ねえ。するの？」

今さらだと思ったが、堪えきれずに悠は訊いた。

「うん。無理だったら挿《い》れない。悠が気持ちよくなかったら嫌だから」

前を向いたまま、迷わない声で茅野は言う。

「俺の布団でいい？　悠のベッド狭い」

「なんか、めちゃくちゃ本気じゃない⁉」

「本気だってば」

ロマンティックとかそんなことを横にどけて、真剣に効率を考えているような口調に怯えて悠が問いかけると、叩っ切るような返事が返ってきた。そして本当に困ったような声で、茅野は言う。

「好きな人が俺を好きになってくれて、今から抱けると思うともう出そう」

「……茅野さん、そういう人なんだ」

ふたつ年上で、ひょうひょうとしていて、ヤクザに乗り込まれそうになっても、涼しい顔で足を上げるような人だが、こっそり店先に半年も通ったり、ちょっと働けばすむものを、死ぬ前にもう一度悠を見たいとか、無限の自由か寸分違《たが》わぬ普通かなどという、答えが出ない哲学的なことを馬鹿みたいに思いつめてみたり、茅野のテンションはときどき急に大げさだ。

「そういうってどういう？」

悠が怒っても呆《あき》れても今は聞く気がない、と言う声でとりあえず訊いてくる茅野に、説明するのは無駄な気がした。

訴えても「ふうん」と聞き流されるのが関の山だ。悠は困ったため息をついた。

「……茅野さんは絨毯織りに向いてると思うよ」

世界的に認められるほど、気の遠くなる緻密な作業を成し遂げるには、そのくらい偏ったテンションと情熱と執着は必要だ。

「茅野さん……あの」

「なに？　悠。愛してる」

「……」

平然とそんな言葉を返されて、胸を疼《うず》かせながら赤くなるしかなかった。

もう駄目だと思った。自分は茅野とセックスをする。

常夜灯にしたままの茅野の部屋に連れ込まれた。

離したら逃げられると思っているかのように、手首を離さない茅野は、部屋の隅に畳んであったシーツの挟まった布団を片手で雑に広げた。

「茅野さん……っ……！」

シーツがはぐれたままの布団に座らせられながら、悠は茅野の性急さに抗議をしようと、ふり仰ごうとした。

荒っぽすぎる、と言おうとした唇を、引き倒されると同時にキスで塞がれる。

「ま。……待って。茅野さん……！」

飢えた仕草で首筋をキスで辿られて悠は慌てた声を出す。

「何」

「早すぎる、よ」

まだ何も話していないし、どうするか相談もしていない。どのくらい痛いかとか、どこまで我慢すれば楽になるかとか。

「だって、早く繋がりたい」

「……！」

下手《へた》な甘い言葉より、茅野の粗雑な正直さに胸を突かれる。

茅野の情熱に当てられて、下半身が疼いた。切なさと言うにはあまりに直情な欲望がわき上がるのを悠も感じた。甘いというよりただ乾く。ぐしゃぐしゃに茅野を掴みたい。身体が二つであることが焦れったい。

茅野の震える手に胸元のボタンを外されている間、おそるおそる茅野の胸の色味に触れてみた。茅野は肩に力を込めて、堪えるようにふー、と目を細めて長い息を吐きながら悠のボタンを外した。

睫毛を伏せて、目を閉じないキスをする。茅野は一重の瞼《まぶた》のラインがきれいで、もうすこし眺めていたいと思ったのに、開けさせられた口に差し込んだ舌で、上顎《うわあご》を舐《な》められて、ぞくりとした拍子に目を閉じてしまった。

「茅野さん……」

茅野の指先に上唇をなぞられながら、うわごとめいた声で茅野を呼ぶ。喉に管が通っているのを確かめるように茅野の手のひらが、何度も悠の喉を緩く下に扱《しご》いた。

悠の上半身を見つめていた茅野の視線がふと、伏せられるのがわかった。

鎖骨に口づけられ、胸の粒に舌を伸ばされる。

「冷た……」

濡れたままの茅野の髪が、胸元に触れるのに悠は小さな声をあげる。飢えたような粗野な愛撫だった。何でも素知らぬふりでうまくかわしてみせる風のような人だと思っていたが、本当は火のような人かもしれない。

「ごめん」

と言って前髪を自分の指で乱暴に掻き上げる仕草にも、ひどい男くささが香って惚れ直しそうになってしまうのだから馬鹿だ。

茅野の指が、唾液《だえき》で濡らされた悠の乳首をつまんでくる。

「あの……そこ、あんまりよくない」

遠慮がちに悠は言った。先日茅野と寝たときも、茅野は丁寧に粒も、その下の色づきも、揉《も》み込んだりつまんだりして愛してくれたけれど、どうやら悠の性感はそこにはたくさんないらしい。

なんとなく快感めいたものはある。だが、皮が薄い感触と、刺激をすれば生理的に硬くなる痼《しこ》りがつままれる独特の感じはあるが、気持ちがいいというなら腿や、下腹を撫でられていた方がよほどぞくぞくする。

「女の子じゃないから」

伝えようがなくて言い訳のような声を出すと、茅野は「気にしないで」と言った。快感を伝え合うのは大切だと思ったが、茅野が弄《いじ》るのが好きならそれでもいいのかもしれない。

茅野がパジャマのズボンの中から、窮屈に詰まっていた茅野の肉を取り出す。

「熱……」

こすりつけるように悠の性器に重ねられて、悠は思わずうわごとのような声を出した。

「悠。足、立てて」

左の膝裏を抱えられ、片方だけ膝を折る。茅野がその下に自分の膝を押し込んできた。押しつけるくらいに茅野の硬い部分が強く当たる体勢だ。茅野はすでにずしりと重く、鋼《はがね》のように硬かった。

茅野が狙って、興奮と戸惑いで半端に欲情した悠にこすりつけると、思い切りの摩擦と焦げつきそうな熱がある。

茅野は身体を起こし、持ち込んだ瓶《びん》の中味を自分の手のひらに垂らして見せた。

オリーブオイル独特の香りが立つ。

「料理のたびに思い出しそう……」

はしたない気分に困りながら悠は呟く。外国料理を気軽に作る茅野はオリーブオイルをよく使う。ふとそれが香るたび、茅野と交わした快楽を思い出して、何となく気まずくなった。

茅野はオイルを温めるように、手のひらを擦り合わせながら言った。

「体温より低いくらいでいちばん香るんだ。ギリシャ語の《喜び》って言葉と同じ音だよ」

「わざとだったの？」

「半分ね。どうせ駄目なら忘れられたくない抵抗、っていうの？」

と言って、茅野は二人の欲情をオイルにまみれた手でひとまとめにつつみに来た。

「あ」

束ねて擦られる。筒にした茅野の手の中で二人でもみくちゃになると、セックスより淫猥でたまらない感じがした。

「あ……。あ。いい……」

茅野に扱かれながら、悠はおずおずと腰を振った。手のひらに包まれ茅野と擦れあっておかしいくらい気持ちがよかった。

べたつかない油の感触。欲情にあたためられたオリーブの香りに、青い匂いが混じってめまいがしそうだ。

「茅野さ……っ……」

腰を撫でる茅野の手で、奥まった場所に触れられて悠は怯えた声を出した。

身体の中を許すと茅野に言ったけれど、正直言って自信はない。《無理だと思ったら言って》と言ってくれた茅野に、できるだけ自分も我慢しようと思っていたが、想像がつかなすぎた。今、こうして擦れ合う茅野の獰猛《どうもう》な雄の肉が、身体の中に収まるとは到底思えない。

「ん。いけるところまで」

そう言って、茅野の指が優しく触れてくる。

「少しだけでも、かまわないから」

囁いてキスをしてくる茅野は、この間よりも慎重だった。

「あ……。ふ」

襞《ひだ》を撫で広げ、指が沈むのを待つような力加減で指先を挿れてくる。入り口の輪をゆっくりとなぞるように広げる。

指先で入り口を念入りにほぐされたあと、優しく奥へと押し込まれた。

「っ……」

異物感はあったが痛みはなかった。この間の場所を探されるのはあっという間だったが、茅野は悠に期待させるくらいそこを軽く苛めてから、ただひたすらに悠を解《ほぐ》す動きに専念した。

「あ……。そこ、じゃな……。茅野……さ……あ」

「口開けて。悠」

下唇を押す茅野に従うと、茅野がはじめから深い角度で悠の口内を漁《あさ》りにきた。

「ん……っ……」

舌を絡ませ、滑らかな頬の内側を舐める。舌先で口蓋を舐められると背筋が震えた。

粘液の音と吸いあう淫《みだ》らな音がする。歯が触れる音がして、飲みきれない唾液が溢れても、
茅野は口許を拭うことすら悠に許してくれない。

「は、う」

舌を根元から吸われると水気のある卑猥な音が立った。愛撫としか言えないキスに、腰のうぶ毛がぞく、と逆立つ。

「茅野、さん……」

興奮しきった茅野のこめかみから汗が流れるのが見える。茅野が衝動を堪えているのがわかって切なかった。茅野ならいいと、本当に思った。

舌先が痺れてなんだか頭の芯がとろりとしてくる。後ろを撫で開く茅野の指は止まらない。

「ん――っ――……」

指が三本にふやされ、上げそうな悲鳴を悠は自分の手のひらで塞いだ。前に与えられる快楽と、後ろをこじ開けられた苦しさ、両方が悠を追い詰めた。

我慢しても、ふーっ、ふーっ、と熱が籠もった呼吸の音が指のあいだから漏れる。

茅野を受け入れたい。茅野を呑み込める身体であればいいと悠は祈った。

茅野は何度もオイルを足した。焼けつきそうに熱い肌をした茅野はだが、けっしてせっか

ちではなかった。

濡れた音が粘りはじめる。茅野が指を抜き差しするたび、吸い付く音を立てた。

「ふ。……っあ……！」

違和感に慣れ、擦られる痺れにうねるような感触が湧き上がる頃、茅野が頼りなさそうな声で呟いた。

「も……いい、かな」

「……」

そんな呟きに、《茅野を挿れられるのかな》と悠は思ったがもう抵抗できない。

「——……」

両膝をあげさせられ、朦朧《もうろう》としてくる意識の中で覚悟を決める。

もう挿れられてしまう。茅野に身体を開かれてしまう。そう思ったが指は抜かれなかった。

「え」

身体の中で、ぐっと指を曲げられて悠は目を瞠《みは》った。

この間、さんざん自分を悦《よ》がらせた場所を、茅野の指に擦られて、悠は息を呑む。

「茅……野、さ、あ。駄目。そこ駄目……！」

今までわざと外されていたのだとわかるほど、悠には経験がなかった。

擦られて気がつく。茅野がそこを避けていたことも、身体の中がいつのまにか蕩《とろ》けるくらいに柔らかく、敏感に充血していることも、そんな中で感じる場所を擦られたら堪えようもないことも。

「茅野さ。ごめ……イ、く……！」

慣らされている途中で一人だけ出すなんて最悪だと思いながら、簡単に溢れる快楽の限界を茅野に告げたときだ。

「あ」

指が抜かれて、絶頂の途中を取り上げられる理不尽に、茅野をふり仰ぐ間もなかった。

「あ。……あっ。あ――！」

茅野が押し入ってくる。指が擦った場所を、押しつぶしながら、柔らかい虚をものすごい圧迫感で満たし、目一杯開かせられた場所を恐ろしい密度で埋めてゆく。

「あ。……や。ア！」

「息止めて、悠。怖がらないで」

溺《おぼ》れそうに乱れた呼吸をする悠の口を、茅野の手のひらが塞ぐ。ふ！ と、呼吸を止められた喉に息が詰まる。

「んんー――ッ……！」

茅野がゆっくりと乗り入ってくるのがわかった。

「う、んん……！ う！ ……っ――……う……！」

茅野の手のひらの下で、悠は我慢できない悲鳴を上げる。刃物で刺されるようだった。異物が割り込んでくるのを感じているのにまるで抵抗できない。

くぐもる悲鳴と茅野の肉が、身体の中で爆発しそうに圧力を上げる。合わせる場所が限界まで開かれ、さらにその先まで割り裂かれる。

「んっ。……く――う！」

いちばん太い場所が入り口をくぐるまで、悠は真上から押さえ込まれた茅野の身体の下で暴れたが、そこを越えるとほっとするのと、もう拒むことができない深さを諦める心地が一緒に襲ってくる。

「……そう。……いい子だ、悠」

茅野を見ている目から涙が零れるのがわかった。痛い。嬉しい。怖い。どの感情とも繋がらない涙だ。

「ゆっくり息して。入るから」

茅野は悠の涙を舐めとりながら囁いて、悠の口許を塞いでいた手を慎重な動きで退《の》けた。

喉に流れ込む新鮮な空気に胸で喘《あえ》いだ。身体の中は血が溢れているように熱いままだ。

「は……――ッ、……！」

ものすごい圧迫感が下腹にある。ずいぶん奥まで入れられたような感じにパニックになりそうになるが、茅野がずっと下腹や内腿を撫でながら宥めてくれるから、ようやく堪えられ

ていた。

茅野は少し引いて、また奥へと押し込んでくる。茅野のまろやかな先尖が粘膜を開くのがわかる。

「あ……あふ……。あ。……あっ……！」

怖いくらい深い。腰骨が軋《きし》み、尾てい骨のあたりに割り裂かれるような痛みがあるが、泣き声めいた声を上げれば我慢できそうなくらいだった。

下腹を茅野の欲情で満たされたまま、涙で揺れる視界の中で、悠は茅野に心細く問いかける。

「……全、部？」

「もうちょっと。でもたぶん大丈夫」

まだあるのかと思うと、泣きそうになったが、茅野が強引ではなく、ずっと身体中を慰めてくれるから我慢できると思った。

茅野はたぶん上手いのだと思っていたから、なすがままでいようと思った。それでも我慢ができなかったら、茅野に言って許してもらおうと思った。

はじめからうまくできるわけがない。元々繋がる身体にできていないのだから、いっぺんに、ちゃんと普通のセックスのようなことは無理だと思っていたのだが、

「あ……あ。あ――、やだ……茅野、さん、も、出る……！」

茅野を呑み込んだまま、手で弄られて一度出した。茅野の太い肉に擦られ、二度目の絶頂は信じられないくらい早い。

念のため「本当に初めてだから」と茅野に言った。茅野は簡単に頷き「慣れたらもっと悦くなる」と怖いことを言った。それくらい、初めてのこんな場所で、茅野に開かれた場所を擦られて、知らない快楽に悶《もだ》えている。

「苦しくない？　悠」

「う……」

背中抱きに膝に乗せられた。

自分の重さに責められる形だ。目一杯まで茅野を呑み込み、自分では引き抜くことができない。

腿がぶるぶると震えている。身体を開かれる衝撃と見知らぬ快楽に翻弄《ほんろう》されるがままだ。

茅野は悠の肩越しに覗き込むような形で、蜜を垂らす悠の欲望を見ていた。

つぼみを付けた花の茎を育てるような愛撫だった。茎を手のひらで撫で上げ、指先でゆっくり珊瑚色《さんごいろ》の蕾《つぼみ》を揉み壊す。先端の割れ目を開くとぷくりと白い粘液が湧き出て滴《したた》った。

「もう……イきたい。茅野さん……」

射精に到らない鈍い衝動が腰骨に重く渦巻いていた。茅野に背中や襟足の汗を舐められるたび、びくびくと跳ねるくらい感じていても、弾《はじ》けるのにほんの少し届かない。

熱湯に突っ込まれたように脳がくらくらと揺れる。沸点の手前で止められているような快楽から逃れたくて、腰を揺すってみるが、繋がる場所が卑猥な音を立て、茅野の肉に身体の中を擦られるたびぞくぞくとするだけで、身体に目一杯溜め込んだ甘い蜜を弾けさせるきっかけにならない。

茅野は、悠の内腿を撫でていた手を悠の欲情に絡め、耳の裏にキスを押し当てながら囁いた。

「はじめからこういうのかわいそうかな、と思うけど、もう俺なしじゃ居られなくしてやりたい」

「……」

ようやく楽になれると思った悠の、先端の切れ目を茅野が開いた。

「もうちょっとがんばって。ちゃんと、三万円分」

「え——？」

本気にしていたのかと悠が驚くとき。

茅野の曲げた人差し指が、切れ目の中にぐっと差し込まれる。ぐりぐりと揉まれた瞬間、焼け火箸を突っ込まれたような刺激があって、悠は甲高《かんだか》い声を上げた。

「ひ……っ……！　や。あ。あ！」

逃げようのない快楽だった。痛いくらいだ。

「やめて、茅野さん。死んじゃう……！」

「痛い？」

「違……あっ、けど、いや……！」

絶頂が沸点だというなら、茅野の指は油だ。どこまで温度が上がるかわからない。

「やだ。いや。……もう駄目」

髪を振って、胸元を支える茅野の指に爪を立てて赦《ゆる》しを乞うしかなかった。茅野がどこを弄っているのかわからないが、先端に近い場所に、芯の先端のような痼りがある。茅野は曲げたひとさし指でそれを抉っている。

鋭い快楽で死にそうなのに、やはりこれも悠を楽にしなかった。弾けるのにほんの少し足りない。絶え間なく火花は散るのに、爆発に及ばない。

「擦って……。擦って茅野さん……！」

羞恥《しゅうち》で頭に血を上らせながら、悠は懇願した。顎を伝って汗が滴る。あまりにも苦しくて自分で伸ばそうとする手は茅野にやんわり押しもどされて許されない。

茅野が揉んでいる先端から驚くほど蜜が垂れる。

こんなに快楽があるのに擦らなければイけないものだなと、男の身体のつくりの哀れさを感心している余裕もない。

「嫌い？」

「イけないんだって！」

突っ込む前の余裕のなさはどこに入ったのかと思うくらい、茅野は冷静でタフだ。

「だから、そこは……！　あ！」

空気に晒《さら》しっぱなしの乳首を、茅野の指がつまんだ。そんなところはいいから、他をどうにかしてほしいと思った瞬間だ。

「や、あ……っ！」

今まで何ともなかった胸の突起が、茅野につままれて火花を散らす。茅野に愛され、刺激されまくって痺れていた場所だ。茅野を埋め込まれた場所からそこに、突然回路が繋がったようだった。摘《つま》み取るように指先で揉まれるたび、疼くくらいの快楽が腰を直撃する。

爪で摘まれるたび、悠は背中をビリビリと震わせた。茅野の指が付け根ごと尖《とが》った粒を潰すように揉む。きゅっと引っ張られると、自分のものではないような、甘い声が漏れた。

「や。茅野さん。……もう、や。……いく」

激しく粘膜をこする音を立て、茅野が身体の中を出入りしている。重い快楽の波がうねりとなって自分を呑み込む瞬間を悠は感じた。

「やだ……ぁ……！」

乳首を爪で苛められ、全身を痙攣《けいれん》させながら、悠は絶頂を迎えた。


「……茅野さん、何者」

シーツを敷き換えた布団の中で、悠は布団に埋もれながら呻いた。

経験がないとは思わないが、茅野は上手すぎる。そこそこに覚悟はしていたが、未知の扉を開きすぎだ。

「マイナス一円の男」

茅野は悠がいちばんはじめにつけた仇名《あだな》を笑いながら名乗って、悠の髪をゆっくりと指で梳《す》いた。

「《普通》に憧れてたけど、何をやってたって、自分の価値なんて自分で作ってくものなんだよね」

キスをしながら苦笑いの茅野が言う。

そうだね、と悠は答えた。悠が質草なのは今も変わらないし、儲ける金は悠の金ではなく、この店の金だ。

だが自分はもう、無力な五歳の子どもではない。先代に育てられ、目を磨いて、恋人をこの目で選んで、手を繋げる力がある。悠が必死に生きた分、金に換えられない価値が、知らない間に身体の中に溜まっているのに気づいた。

「悠に俺の価値を決められたい」

悠の中での査定をもっとあげさせたいのだと囁く茅野が、素肌の胸を合わせてくる。腕を差し込む茅野のために背中を浮かせて、悠も茅野の背中を抱きながら、困ったように笑って見せた。

「足腰立たなくしといて、そんなこと言うの……？」

三万円から少し引き上げてもいいと悠は思ったが、金利が高いと言い訳をして黙っておこうと思った。

† † †

あれから、茅野は一度自宅に帰った。

《自分はゲイだが、絨毯は織る》と宣言してきたらしい。

茅野はそれでいいかもしれないが、家族はどれほど驚いただろう。家族なのだから、自分より茅野に慣れているのかもしれないけれど、あまりにも気の毒なことだ。もっとソフトな言い方はなかったのかと訊いてみたが《姉がいるから何とかなるだろう》といつもの淡泊な調子で言っていた。

空き部屋はないかと茅野に相談され、いくらでもあると答えると、一室貸してほしいと茅野は言った。それを許すと茅野は、絨毯を織るのに必要な道具一式を持ち込んだ。

枠に糸を張った折り機が壁に立てかけられている。枠の上からは色とりどりの糸の房が上から掛けられて、いかにも絨毯の素という華やかさだった。

日本の水平的な、足踏みのついた、昔ばなしに出てきそうな機織りをイメージしていたから、ペルシャ絨毯の折り機はずいぶん意外なものだった。

茅野の折り機はほとんど枠と経糸のみだ。日本の折り機のように互い違いの経糸に緯糸を通すのではなく、枠に張った経糸どうしを、別の糸で結び合わせることによって面にしていく。それを一本一本ナイフで起毛してゆくというのだから、聞いているだけで一億払いたくなるような工程だ。

茅野が入った空き部屋は、昔、能面を飾っていた部屋だった。すでに柱は釘跡だらけだから、使い勝手がいいように、好きに釘を使っていいと言うと、茅野は壁に何枚もの絨毯を吊った。畳には作業用のペルシャ絨毯が敷き詰められた。

ナイフを立てる緑釉《りょくゆう》の壺《つぼ》、織り目を計る金のスケール、針の入った陶器のボンボニエール。ぜんぶ受け継いできた道具らしい。

ため息が出そうに豪華だ。純和風、質屋の設えに突然現れる中東波斯《ペルシア》の部屋だった。硅太郎が呆れるに違いない贅沢な部屋だ。

当面、自宅で糸を染め、ここで絨毯を織る生活をするつもりらしい。《どうせ半年くらいはいいのが織れない》と、ブランクの間に落ちた腕と感覚を、気長に戻してゆく予定らしかった。台所で無断で虫を煮ないでほしいと、それだけはあらかじめ釘を刺しておいた。

「夕飯、何がいい？」

店のカウンターで電卓を叩いていた悠の指が止まるのを見計らって、背後から茅野が尋ねてきた。

待ってましたと茅野をふり仰ぎ、悠は答えた。

「こないだの、台湾風の鯛《たい》茶漬けが食べたい」

胡麻《ごま》油の利いた、鯛の刺身がほんのり白く煮えた熱々のお茶漬けだ。

相変わらず茅野の料理は多国籍だった。本場の味を、茅野が日本風にアレンジしたおかずは、だいたい何でもめちゃめちゃ美味しくて、今日食べたものをまたリクエストするのがいつもになってしまっている。それを茅野に笑われたから、一週間分ずつまとめて考慮することにした。今週のベストは台湾風鯛茶漬けだ。あっさりとしているのに甘くてほっこりとして、二、三杯はサラサラいけそうな、癖になりそうなおいしさだ。

「わかった」

と茅野は答えて、悠のとなりに膝をついた。

茅野が軽くキスをしてくる。

「俺のかな」

と問いかけられて「未払い」と、にやりと笑ってやると、茅野も笑った。

心はとっくに茅野のものだが、髪ひと筋まで茅野のものになりたいなら、働いて、早く借金を消して、請け出す金額を稼いで、品物を取り返さなければならない。茅野もまた、自分の恋を貫くだけの絨毯を織る腕を取り戻せるよう、家族を納得させる仕事をしなければならない。

茅野は茅野、自分は自分のことだ。

ただ、毎日ものすごい勢いで重なってゆく恋心という金利を、互いに払いあってゆくのだから、真剣さは今までの十倍増しだ。

頑張ろうなと視線を交わすが言葉にはしない。それで十分な信頼だ。別々の生き方の隙間を二人で埋めてゆく。同性の恋人同士とはきっとそういう関係を言うのだろう。

そう思ったときふと、銀示の言葉を思い出した。

——人って言うより、えっちなところがいいっていう感じかな？

男同士で付き合うというのはどういう感じか。そう訊いたときの銀示の答えがそれだ。寄りかかって支え合う《人》という字ではなくて、男として一人で生きていけても、あえて手を繋ぎ合う《H》という字の形のほうが、男同士の恋愛の形に似ている気がすると、銀示は言いたかったらしい。

いかにも銀示らしい捉《とら》え方で、それを下世話に受け取ってしまった自分が改めて恥ずかしくなってしまった。

「お焦げも入れようね」

「うん。三つ葉もたっぷり」

と明るく答えて、餌付《えづ》けされそうになっている自分に気づき、悠が決まり悪く視線を逸《そ》らすと、茅野がまた笑った。憎らしい。

悠の身体にトイチが、にゃーん。と鳴いて頭を擦りつけて、立ち止まることなく向こうへ歩いていった。

悠は三毛の背中を振り返り、茅野に言った。

「……トイチの分の刺身も、ちょっと多めに買ってきて」

悠のぴったり隣や膝が、トイチの指定席だったのだが、最近茅野に居座られている。反対側が空いてるよと、トイチを空いている側に回すのだが、茅野の向かいは嫌なようだ。トイチがかわいいのには変わりがないのだと、キャットフードにシラスや乾燥カニかまのトッピングを混ぜてみたり、ぶりの刺身で御機嫌を取ってみたりしたが、トイチはあれからどことなく機嫌が悪い。

「おまえにもきっといい彼氏がくるよ」

少し申し訳なさそうな顔をした茅野が、身体を伸ばしてトイチの背を撫で、慰めるようなことを言った。

トイチは耳だけをこっちに向けながら、いかにも聞いていなさそうな知らん顔で、立てたしっぽをゆっくり左右に振りながら向こうへ歩いてゆく。

見送る茅野に悠は言った。

「トイチ、オスだよ」

身体の模様が優しい色合いで、顔つきも穏やかだから勘違いしているのかもしれないが、トイチはオスだ。

「……ほんとだ。ついてる」

トイチの尻を眺めて茅野が言う。

足の間にふりふりと動く茶色い毛玉がちゃんと二個ついている。男の証《あかし》だ。

微笑ましくそれを見ていた茅野がふと悠を見た。

「三毛猫のオスって――」

ニヤリと悠は笑い返した。

「トイチは高いって言っただろ？」

基本的に三毛猫はメスだ。

三毛の体毛を持つことが即《すなわ》ち遺伝子的にメスの配列ということらしい。

三毛の遺伝を持ちながらオスとして生まれてくるのは遺伝子変異で、千匹に一匹という割合だ。ゆえにオスの三毛猫は稀少として取り扱われ、招き猫として破格値で取引されたり、子猫を探し回る愛好家もいる。オスの三毛猫を舟に乗せると沈まないという言い伝えがあるから、豪華客船に乗っている《お猫様》もいる。

金利や家族としての愛情を別にしても、トイチは元々お宝猫だ。

悠の声には振り返るトイチが、くわ。と、目も口も裂けそうな怖い顔の大あくびを見せてからまた、静かに奥へと去っていく。瑠璃やのお猫様の貫禄だった。

茅野は参った、と苦笑いで髪を掻き上げ、悠にキスをした。そして近い場所から悠の瞳を見つめながら囁いた。

「ホントに。価値なんて、目を凝らしたらそのへんにちゃんと転がってる」

アラビア語で、絨毯に茅野と自分の名前と、付き合いはじめた日付を織り込むのだという茅野の野望に、本当に茅野の狙いどおりの価値があるかは悠にはわからないが、くだらないと思いながら拾ったものの中に、ときおりとんでもないお宝が混じっているというのには同意だ。

悠は、離れかけた唇を自分のほうからもう一度押し当てにいった。

幸せそうに目を細める茅野と笑いあいながら、唇を触れさせたまま囁く。

「――うん。雨の店先には特に高値のお宝が」

薄暗いと見渡した人生の中にも、素知らぬふりで、そっと光を含む宝物は落ちている。

あとがき

こんにちは。玄上八絹です。

今回は質屋さんのお話です。祝・爆発も流血もしませんでした、の、柔らかめの仕上がりになったつもりですが、いかがでしたでしょうか。楽しんでいただけましたら嬉しいです。

三池ろむこ先生に挿絵をいただくことになりました。お忙しい中、大変ありがとうございました。拝見するのがとてもとても楽しみです。

担当様。私は毎回なにかでおろおろしているのですが、丁寧に相談に乗っていただいて、いつもほんとうにありがとうございます。これからもどうぞよろしくお願いいたします。

このあと、悠と銀示にそれぞれ財布の紐を握られながら、茅野と硅太郎は仕事に励めばいいと思います。

瑠璃やと醒花堂の商売繁盛を願いつつ。

ここまでお付き合いくださいました読者様に、心よりの感謝を申し上げます。

ありがとうございました。

二〇一二・葉月　　玄上　八絹

✦初出　トイチの男……………書き下ろし

玄上八絹先生、三池ろむこ先生へのお便り、本作品に関するご意見、ご感想などは
〒151-0051 東京都渋谷区千駄ヶ谷 4-9-7
幻冬舎コミックス　ルチル文庫「トイチの男」係まで。

幻冬舎ルチル文庫

トイチの男

2012年8月20日　第1刷発行

✦著者　玄上八絹　げんじょう やきぬ

✦発行人　伊藤嘉彦

✦発行元　株式会社 幻冬舎コミックス
〒151-0051 東京都渋谷区千駄ヶ谷 4-9-7
電話 03(5411)6432［編集］

✦発売元　株式会社 幻冬舎
〒151-0051 東京都渋谷区千駄ヶ谷 4-9-7
電話 03(5411)6222［営業］
振替 00120-8-767643

✦印刷・製本所　中央精版印刷株式会社

✦検印廃止

ISBN978-4-344-82594-9　C0193　Printed in Japan